U0609370

主编　凌翔　　　　当代著名作家美文自选集

一蓑烟雨任平生

陈鲁民　著

民主与建设出版社
·北京·

© 民主与建设出版社，2019

图书在版编目 (CIP) 数据

一蓑烟雨任平生 / 陈鲁民著 . —北京：民主与建设出版社，2019.12

ISBN 978-7-5139-2772-7

Ⅰ.①一…　Ⅱ.①陈…　Ⅲ.①散文集－中国－当代

Ⅳ.① I267

中国版本图书馆 CIP 数据核字（2019）第 248101 号

一蓑烟雨任平生
YISUOYANYU RENPINGSHENG

出 版 人	李声笑
著　者	陈鲁民
责任编辑	周佩芳
封面设计	陈　姝
出版发行	民主与建设出版社有限责任公司
电　话	（010）59417747　59419778
社　址	北京市海淀区西三环中路 10 号望海楼 E 座 7 层
邮　编	100142
印　刷	唐山楠萍印务有限公司
版　次	2020 年 1 月第 1 版
印　次	2020 年 1 月第 1 次印刷
开　本	710 毫米 × 1000 毫米　1/16
印　张	13
字　数	200 千字
书　号	ISBN 978-7-5139-2772-7
定　价	49.80 元

注：如有印、装质量问题，请与出版社联系。

目 录

第一辑　一蓑烟雨

一日遇佛，一日遇魔

作家贾平凹说："人过的日子必是一日遇佛，一日遇魔。"实际生活倒也不会这样机械死板，魔与佛必隔日一见，轮流值班，而是说，人要时不时与佛与魔打交道，这几日或那几日遇佛，这一段或那一段遇魔。

如果说遇佛就是遇见善人，好事，大吉大利；遇魔就是碰上恶人，坏事，凶险困厄。人都希望趋利避害，经常遇到善人，碰上好事，大吉大利；都不愿撞上恶人，遇见坏事，相逢凶险。但树欲静而风不止，遇佛或遇魔均不以人的意志为转移，绝不会像电影里的赌神，想啥来啥，而往往是怕啥来啥。而且，"福不双至，祸不单行"，你越是不想见的，怕得慌的，它越来的频繁，不期而至；你越是日思夜想，牵肠挂肚的，就越难以谋面，飘渺不定。

既然如此，那就要既来之则安之，遇佛遇魔从容不迫，达观以待，想办法积极应对才是。遇魔要镇定，咬紧牙关，不怕不怯，能抗则抗，不能抗则忍，"不要悲伤，不要心急"，相信"一切都会过去，一切都是瞬间"。遇佛也别得意忘形，乱了方寸，要珍惜，虔诚，感恩，惜福，多谢佛的关爱，把佛带来的福报用足用够。昔日，庞涓辞别老师鬼谷子下山时，老师送了8个字："遇羊而兴，遇马而瘁。"要他谨记慎行。但他却忘了老师的教诲，"遇羊而兴"时，不懂惜福克己，忘乎所以，头脑发昏，嫉贤妒能，害人误国，结果聪明反被聪明误，没多久就遇到了魔——也是他逼出来的同学孙膑，在马陵道上兵败身亡。

从某种意义上来说，人自己也是佛，是魔。一个人若总是做好事，修桥补路，扶危济困，急公好义，救死扶伤，那在人们眼里就是大慈大悲的活菩萨，即使不把你供在佛堂，也把你放在心上，为你祈福，祝愿。反之，一个人若作恶多端，欺男霸女，横行乡里，无恶不作，恶贯满盈，在人们眼里那就是十恶不赦的大魔头，恨不能食其肉，寝其皮，必除而快之。人生在世，还是做佛的好，一利自己，二利他人，三利社会，赠人玫瑰，手有余香。做魔者，看似为所欲为，痛快淋漓，实则有好结果的不多，别忘了善恶必有报，天地皆在看，恶人自有恶人磨，多行不义必自毙。

魔与佛之间并没有不可逾越的障碍，魔能变佛，佛也能变魔，有时也就是一念之差，一件事，一个决定，就完成了魔与佛的转变。一个官员，本应位居佛的位置，是可敬可亲的人民公仆，一旦贪欲发作，私心膨胀，伸出手来捞钱受贿中饱私囊，就踏出了由佛变魔的危险脚步，早晚会跻身周永康、徐才厚、郭伯雄、孙政才、苏荣行列，也就离身败名裂不远了。反之，《除三害》里的周处，原本横行霸道，恶名远扬，但能幡然醒悟，由恶变善，上山打虎，下河斩蛟，不畏艰险为民除害，自己也脱离了魔的行列，这就叫放下屠刀立地成佛。

魔佛之变，还有一层意思，就是坏事可变好事，好事也可变坏事。事在人为，境由心造，如果因势利导，巧妙运作，有可能把坏事变成好事，否极泰来，实现逆转。相反，如果处事不当，弄巧成拙，也可能会把好事变成坏事，乐极生悲，痛失好局。譬如升官，肯定是好事，但若官做大了，疏于学习，拒绝监督，迷失本性，忘了初心，那可能会爬得越高摔得越重。这几年来，"老虎""苍蝇"一起打，至少已有177名省部级及以上官员中箭落马。这种魔佛之变屡见不鲜，诡异多端，变幻莫测，充满了戏剧性。

"幸福都是奋斗出来的"，同理，"佛"也是自己奔出来的，自己造出来的。这个佛是很势利的主，你对它不好，心不真，意不切，供奉太薄，虚情假意，它是不会与你见面的，千呼万唤不出来，好事总轮不到你，贵人也不会来相助。如果你一心向佛，恭敬虔诚，循规蹈矩，供奉尽其所有，行善不遗余力，佛就会围着你不走，魔也会避而远之。

"一日遇佛，一日遇魔"，是生活的辩证法，也是人生规律，经验之谈。

人生就是循环

人生就是无数个循环。从至简到至繁再到至简，由至低到至高再回到至低，由平淡至高潮再至平淡，循环往复。

人从黑暗的子宫钻出来，经过一辈子的拼搏，追求光明，创造灿烂，最后还要永远地埋入黑暗的大地。人哭哭啼啼来到世上，宣告一个新生命的开始，到末了，寿终正寝时还要在儿女的哭声中离开这个世界。人一开始牙牙学语，口齿含混，后来说了车载斗量无数的话，临到暮年，可能又变成言语不清。感谢父母一把屎一把尿的辛苦，孩子终于不尿床了，可英雄一世，叱咤风云，到了老残之躯，卧病在床，又会大小便失禁。孩子断奶后要被喂饭，到了三四岁才能自己吃饭，垂暮不能自理的老人，最后还要被喂饭……

当年，几个小屁孩在一起玩尿泥，打打闹闹，不分彼此，亦没有尊卑。长大进入社会，有的混得很差，不过温饱水平，甚至低保；有的混得极好，高官厚禄，吃香喝辣，不可一世。可是到退休后又会凑到一起散步，发发牢骚，骂骂贪官，传点小道消息，正应了那句民谣："正处副处最后都是一个去处，经理总经理最后都是一个道理，正局副局最后都是一个结局，正部副部最后都在一起散步。"

据说，顶尖富人的标志有"三不"，不用手机，不自己开车，身上不带钱，就像比尔·盖茨、李嘉诚们。可是，超级穷人的情况也大体如此，同样是不用手机，不开车，不带钱，街上的乞丐大体都如此。当然，这两个"三不"表现相同，原因迥异，富人是不屑于，是身份的象征，穷人是不能够，是确实囊中羞涩。人富到了极点，反过来却与极穷的人没啥两样，这种循环也太讽刺了。这或许对那些一辈子都在拼命挣钱的富人是一副清醒剂，您挣那么多钱为什么？

一个老富翁漫步在夏威夷海滩，沐浴在阳光下，心情很是愉快。可是他看到一个青年渔夫也在懒洋洋地晒太阳，比他还悠闲还自在，就大生醋意，不由得想教训他几句："年轻人，你应该抓紧时间去捕鱼，不怕辛苦，捕更多的鱼，赚更多的钱。"渔夫翻了翻白眼："为什么要这样？"富翁说："然后你就可以像我这样在这里晒太阳了。"渔夫洒脱一笑："我现在不就正在这里晒太阳吗，何必那么辛苦？"把老富翁噎得一句话也说不上来，优越感荡然无存。辛辛苦苦奋斗了一辈子的富翁与一个懒洋洋的渔夫享受同样的待遇，确实让人伤自尊。

还有年羹尧，当初从布衣入仕，以军功起家，惨淡经营几十年，一步步升到了川陕总督、抚远大将军。可没想到，物极必反，盛极必衰，他一夜之间就被连降18级，从威风八面的封疆大吏变成了可怜兮兮的守城老兵，一下子就回到了原点。这一个圆圈画的他终于明白一个道理：人生最贵是适意，大红大紫不足恃。

人生在循环，同样，我们生活的地球也在循环，由冰川期进入温暖期再进入冰川期，动物灭绝再重新滋生进化再毁灭。当然，那是以亿年为单位来计算的，我们操不了那么久的心，况且，物质不灭，只不过是在不同的表现形式间循环罢了。与其杞人忧天，自添烦恼，还不如过好当下的每一天。

太阳底下无新事。每个人身上都可以看到前人的影子，都在有意无意重复前人的轨迹，人始终都是生活在生命循环中的，不是在起首，就是在末尾，抑或在中间阶段，谁都逃不过这种循环。所以，直面生命循环的每一个环节，从容看待人生的高峰与低谷，得意不忘形，失意不失志，看轻身外之物，尽情享受生活，不和自己过不去，也不和别人赌气，更不必把大好光阴都用来追求那些没多大用途的虚幻之物，就是人生最大智慧。

时间都去哪儿了？

"时间都去哪儿了，还没好好感受年轻就老了；时间都去哪儿了；还没好好看看你眼睛就花了；柴米油盐半辈子，转眼就只剩下满脸的皱纹了。"歌手王铮亮在央视春晚演唱的《时间都去哪儿了》，令观众感慨万分，不胜唏嘘，因为这首歌触到了我们的痛处。

时间即人生，时间没了，人生即告结束，但时间留不住，也不可能延长，这是人生最苦恼也最无奈的事情，诚如但丁所言："一个人越知道时间的价值，越倍觉失时的痛苦！"人生苦短，转眼百年，没有不想寿比南山的，尤其是历代皇帝，几乎都在不惜重金寻找长生不老药，命术士炼丹，令徐福出海，寻灵丹妙方，最后都无一例外以失败告终。

时间都去哪儿了？面对这个人人都会遇到的终极问题，谁都忍不住要说上两句。睿智淡定的孔子在冷眼旁观："逝者如斯夫，不舍昼夜。"多愁善感的东坡则长叹不已："哀吾生之须臾，羡长江之无穷。"浪漫豪爽的李白想拉住飞逝的时间："恨不得挂长绳于青天，系此西飞之白日。"洒脱达观的陶渊明则自我激励："盛年不重来，一日难再晨。及时当勉励，岁月不待人。"

时间最公正无私，绝对的不偏不倚，既不会特别厚爱谁，也不会对谁格外吝惜。无论你是横扫千军雄踞万里的亘古一帝，还是富可敌国财倾天下的世界首富，无论你是才华横溢学富五车的艺术大师，还是红极一时名满天下的明星大腕，大限一到，都要按时"熄灯"，想延缓一秒都不可能。

既然时间没有弹性，不可能用金钱、权势、名声或其他东西来交换，唯一可行的办法就是珍惜时间，提高时间利用效率，在有限的时间里干更多有意义的事，这样，也就等于变相延长了属于我们的时间。

时间都去哪儿了？从时间总数来说，每人情况不同，或长或短，大约是两三万天；就每天而言，时间又可分为工作学习、娱乐休息、睡觉各三个三分之一。所谓珍惜时间，就是合理分配时间，适当向工作学习方面倾斜，节制过多的娱乐游玩，更不能睡得昏天黑地。少年时要发愤读书，提高素质；青年时要敢想敢干，努力拼搏；中年时要奉献社会，建功立业；这样才能换来问心无愧安度余岁的老年。

时间的长度是一定的，但单位时间里的利用效率是有弹性的。常会看到这种情况，年底岁末，盘点全年工作时，有人在不无自豪地总结，今年读了多少书，做了多少事，得了什么奖，取得什么进步，成绩丰满得令人嫉妒。也有人在哀叹：我这一年怎么啥都没干就稀里糊涂地完了，时间都去哪儿了？于是，年复一年，成功者与失败者，名流贤达与庸常之辈，人与人的差距就这样拉开了。

人生有涯，活得有无价值，不在时间长短，而在于是否做了有意义的事。王选以一生时间换来了汉字激光照排技术的问世，袁隆平的全部心血都倾注在杂交水稻上，邓稼先为中国的两弹一星殚精竭虑，王进喜为摘掉中国贫油的帽子鞠躬尽瘁，莫言几十年笔耕不辍终于摘取诺贝尔文学奖桂冠，杨善洲不辞劳苦为百姓换来一山碧绿，吴孟超九十多岁还在手术台上老当益壮。他们每天都忙得不可开交，无比充实；他们的时间换来了硕果累累，青史留名。

"人生天地之间，若白驹过隙，忽然而已。"一般来说，有两种人最喜欢追问时间都去哪儿了？一是胸有大志，贡献卓著，但又恨自己做事太少的人，每每提醒自己要珍惜时间，"莫等闲，白了少年头"；再一种是无所事事碌碌无为的人，回首平生一事无成，才会伤感地自怨自艾，但已经太晚，印证了莎士比亚那句名言："谁抛弃时间，时间也抛弃他。"

人生失意无南北

古人说"人生不如意事十常八九"。

的确，我们几乎每天都能遇到失意的事。士子落第，将军被俘，后妃失宠，寡妇死儿，是古人常说的四大失意事，齐梁文人钟嵘意犹未尽，又补充两条：楚臣去境，汉妾辞宫。即屈原去国与昭君出塞。王安石最后归纳说："人生失意无南北"。

今天的失意事也不少，考大学没考上中意的学校，谈恋爱被心仪已久的对象拒绝，毕业后没找到合适的岗位，该提拔时位子又被人捷足先登，评职称虽成果累累却被人挤下，炒股时本想赚一把却连遇熊市，正年富力强却被安排下岗，望子成龙孩子却学习不好，辛苦多年却事业无成⋯⋯

一言以蔽之，人们一切的希冀未果，失恋、失落、失常、失望、失败，都叫失意。

既然失意难免，失意常在，那么最需要的态度是，坦然接受失意，尽量淡化失意，努力走出失意，奋勇战胜失意。

接受失意。天要下雨，娘要嫁人，失意要来，任谁也挡不住。我们要以宽阔的胸怀和坚强的肩膀，接纳和支撑各种失意的光临，而决不被失意所击倒。失意降临，不必哭天抹泪，不必怨天尤人，更不必寻死觅活，而应像个硬汉子那样，大度地对失意说：你来了，我正等着呢，有什么招就使吧！

淡化失意。紧接着，就要化解失意的打击，降低失意的侵害力度，大事化小，小事化了。生意砸了，血本无归，就得安慰自己：有赚就有赔，这没什么了不起的，咬咬牙就过去了。恋爱失败，心头流血，那也得开导自己，强扭的瓜不甜，大丈夫何患无妻？仕途不得志，官帽没戴上，也不必烦恼，无官一身轻嘛！仗打败了，也不必沮丧，须知天下没有常胜将军，杀人一万，自损三千，三十年河东，三十年河西。

走出失意。李白官场失意，壮志未酬，却在诗坛大放异彩；陶朱公政界失意，险遭勾践毒手，却在商场再展宏图；沈从文文坛失意，却在古人服饰研究上一枝独秀，不胜得意；爱因斯坦在家乡失意，屡遭迫害，却在万里之外的异国他乡成为科学泰斗；里根在电影界极其失意，只能演些无足轻重的小角色，却在政界开花结果，连选连任，成为美国总统之一。

战胜失意。兵来将挡，水来土掩。人生本来就是一场无休止的战斗，不断地迎接失意，又不断地战胜失意，伟人、巨人、成功者们无一不是用失意来磨自己的剑，拿失意来祭自己的旗，把失意当成前进的动力，将失意变成精神上的兴奋剂，用失意来鞭策自己，激励自己，永不言败，自强不息。"文王拘而演周易，仲尼厄而作春秋。左丘失明而著论语。屈原放逐而赋离骚，孙子刖足而传世兵法十三篇……"还有东坡被贬黄州，将失意扔在一边，踩在脚下，吸天地之灵气，得山川之厚赠，写出千古不朽的《前赤壁赋》《后赤壁赋》和《念奴娇·赤壁怀古》。都是楷模，都值得效法。

哲人有言："每个人的一生都是战役——多事多难的漫长战役。"谁都不欢迎失意，但谁都无法避免失意，《逆境人杰》一书封面上写有这样几句颇有哲理的话："逆境是人杰的摇篮，磨难是成功的良伴，挫折是英才的乳汁，悲痛是奏凯的琴键。"还应再加一句：失意是人生的财富。因为，失意，会使人冷静反思自我，正视自身的缺点，努力克服不足；失意，会使人增加阅历和见识，经受磨练而变成熟；失意，会使人不断地完善自己，变得强大起来。当然，能否取得这样的效果，把失意变成财富，取决于人们对待失意的不同态度。

得意不能忘形，失意也没那么可怕，我最赞赏的态度是："不以物喜、不以己悲"，得意淡然，失意泰然。

四个"差不多"

在去北京的列车上，听一位龙钟老者摆"龙门阵"，他用饱经沧桑的口吻说：50 岁时，人丑人俊差不多；60 岁时，官大官小差不多；70 岁时，钱多钱少差不多；80 岁时，男人女人差不多。据老人说，他已年过古稀，年轻时也是个帅哥，后来还当过不大不小的官，钱也攒得够花两辈子的，虽然对最后一个"差不多"尚无亲身体会，但见到的例子不少，而对前三个"差不多"，则已有切身体验。

咋一听，这四个"差不多"似乎有些消极、颓废，其实细想一想，也不无道理，不是白发老人，悟不出这样的道理，非亲身经历，不知其中艰辛与无奈。这不是悲观人生，而是一个进入生命晚年的老人对人生的一种深刻体悟。依我管见，这四个差不多，虽不无夸张，但基本如此。

50 而知天命。当年风度翩翩的大帅哥，成了大腹便便的"准老汉"；昔日光彩照人的大美女，也成了一脸折子的黄脸婆，也就是说，到了这个岁数，爹娘给的资本已用完，祖先的荫护也已失效，人的丑俊、高矮、胖瘦都无所谓了，剩下就只有靠奋斗、拼搏、靠努力工作来证实自己了。

其实还可再引申一下，人到了 50 之年，什么名校学历和自学成才，留洋生和"土包子"，出身名门和山沟里来的，都没太大区别了，能力、经验和工作态度，才是决定一个人位置高低、成功与否的重要根据。

60 岁时，按国家规定，不论是科长、处长，还是局长、厅长，统统一刀切，都变成了无官一身轻的老干部，所以说是"大官小官差不多"。有些官员，头一天还在办公室喝三吆五，颐指气使的，一办手续，立马就威风不再，说话也不好使了，有些官员，在位时是门庭若市，一退休就变成了门可罗雀，谁都会人走茶凉，官小官大差不多，卸了任都是平民百姓。所以，在位时打破头似的去争官大官小，为买官四处钻营，真没有什么意思，辛辛苦苦争到的乌纱帽，费尽心机抢到的座椅，60 岁一到，一律作废，都成了老干办手下的"老同志"，何苦来着？还不如在位时努力工作，为大家办点好事，留点政绩，即使退了，也让人怀念。

古稀之年，人的各种器官开始加速老化，耳渐聋，眼渐花，牙渐掉，山珍海味，味同嚼蜡；风景如画，却碰上老眼昏花。荷尔蒙分泌也大量减少，美色当前，无力缠绵，进入"联想"时代。且毛病日多，记性差，体力弱，尿急尿频，久坐腰痛，长走腿疼，年轻时想去旅游，既没钱也没时间，现在倒是钱与时间都不缺了，想去旅游又怕身体坚持不下来，有再多的钱又有何用，所以说，"70 岁时，钱多钱少差不多"。当然，也有个别人老当益壮，70 岁的年龄，60 岁的面容，50 岁的身体，40 岁的心态，那是个例，少之又少。

人到 80 岁，进入生命暮年，"日薄西山，气息奄奄"。年轻时的浪漫谛克，少壮时的轰轰烈烈，都载入历史，成为回忆，男人与女人的性特征，也基本退化殆尽，都是白发苍苍，都是弯腰驼背，都是一脸沟壑，有时甚至很难从外表分出是老头还是老太，即便进错洗手间，大家也不以为怪，最多笑着说一句：老糊涂了。或许这位就是当年百里挑一的美女、帅哥哩。因此，只有无奈地说"80 岁时，男人女人差不多"。当然，老黄忠 80 高龄还披挂上阵，但那毕竟是小说家言，至于曹操的"烈士暮年，壮心不已"名句，别忘了，他当时不过才 50 岁出头啊。

中年以后，身体精力都开始走下坡路，加之上养老下养小，可谓多事之秋，经常咀嚼这四个"差不多"，体会其中人生哲理，有利于我们摆正位置，端正心态，珍惜年华，走好人生之路。

被牛顿的苹果砸中以后

很多年以来，大伙都一直对"牛顿的苹果"津津乐道：17 世纪 60 年代的某一天，无风无雨，蓝天丽日，牛顿坐在苹果树下沉思，一个苹果突然掉下来，不偏不倚地砸在牛顿的脑袋上，这让他顿生灵感，脑洞大开，从而发现了伟大的"万有引力定律"。

从概率来说，我们每个人都有被"牛顿的苹果"砸中的机会，特别是那些经常在苹果树下走动的人，但因此而发现万有引力的人，只有牛顿一人。不妨展开联想的翅膀，想想我们如果有幸被苹果砸中后会怎样表现吧：

一个生性乐观的人，会感谢上帝赐福，把苹果珍藏起来，到处炫耀，当成精神寄托，一看到苹果就乐不可支。

一个悲观郁闷的人，会自认倒霉、晦气，一脚踢开苹果，连你也来欺负我，啊呸！

一个贪吃的人，会拣起苹果，用袖子一擦，就大口吃了起来，吃得满嘴生津。

一个幽默的人，会像杂耍一样，把苹果扔了接，接了扔，欢欢喜喜，自得其乐。

一个道德高尚的人，会把苹果拣起来，小心翼翼地放好，留给苹果树的主人，"苹果无主，我心有主"。

一个浪漫的人，会把苹果当成送给情人的礼物，啊，苹果就像情人的美丽脸庞。

一个生活拮据的人，会把苹果装进衣兜里，盘算着回家怎么给孩子们分食。

一个写诗的人，会揉揉砸痛的脑袋，诗意大发：生如春花之绚烂，死如落果之静谧。

一个胆小的人，会跳起来就跑，啊，有鬼呀，快跑呀，世界末日就要来了！

一个憨傻的人，会恼羞成怒，抱着果树又踢又打，我让你砸我，敢和我较劲，我和你没完。

一万个被苹果砸脑袋的人，可能只有一个人在考虑为什么；一亿个人里可能只有一个人会想到这里边可能有科学价值；而几千年来，数百亿人里只有一个牛顿突然悟出了万有引力定律。

牛顿这苹果树下的千年一悟，用咱们禅宗的理论来解释，那就叫"顿悟"，是六世祖慧能那一派的招数。禅宗有顿悟与渐悟之争，顿悟的核心思想为："不立文字，教外别传；直指人心，见性成佛"，意指透过自身实践，从日常生活中直接掌握真理，最后达到真正认识自我。牛顿可不就是通过苹果砸脑袋的日常生活，认识掌握了万有引力的真理吗？

不过，这里很容易产生一个认识误区，因为我们大都是功利心强的人，总觉得神秀"时时勤拂拭，勿使惹尘埃"那一套，太麻烦也太耗时，拂拭到什么时候才是个头呢？还是慧能的"本来无一物，何处惹尘埃"更令人神往，也来得干脆，就像牛顿被苹果砸头发现万有引力定律，阿基米德在泡澡时发现阿基米德定律，门得列夫梦中发现化学元素周期表，瓦特看到水烧开后的壶盖而发明了蒸汽机，其实，那都是以讹传讹的科学童话。如果没有数十年如一日的"时时勤拂拭"，就根本不可能有任何灵感出现，也不可能有任何科学奇迹的发生。否则，科学院遍栽苹果树，研究所改成澡堂子，科学家们只消吃饱了就睡，睡醒了再吃，咱们就能成果不断，发现惊人，那还不活活气死牛顿，气疯阿基米德。

天道酬勤，功不唐捐。科学上从没什么侥幸成功的事，舒舒服服就能成就大师也从未耳闻，所以，"牛顿的苹果"之类故事还是少说为佳，至少不要过分神化。

人生总得爆发一回

　　人这一辈子，如果一直平平淡淡、按部就班、风平浪静、无惊无险，那也很遗憾、乏味。无论如何，总得"爆发"上一回两回，即所谓"寻常看不见，偶尔露峥嵘"，以一展平生所学，建奇功、立绝学、创精品，一举成名天下闻。

　　"爆发"，就是一个人在特殊时期，在极短的时间里，迸发出极大的能量，达到自己人生的高峰，做出一生中最重要的贡献，创作出一生最有代表性的作品，就像油田的井喷一样。

　　据传，老子一辈子默默无闻，50岁那一年，连个小芝麻官也丢了，就骑着青牛，离开家乡西行，到秦国去讲学。过函谷关时，被关令尹喜给截住了，要他留点东西再走，于是就有了函谷关前那一次大"爆发"，留下了伟大著作《道德经》。老子的"爆发"，用了两天时间。

　　法国天才数学家伽罗华，21岁就死于非命，在临死前一夜，他有了一次总"爆发"。他知道第二天必死无疑，就一夜无眠，把自己生平的数学研究心得扼要写出，并附以论文手稿。特别是他在天亮之前那最后几个小时写出的东西，为一个折磨了数学家们几个世纪的问题找到了真正的答案，并且开创了数学的一片新天地，提出了"群"的概念，用群论改变了整个数学的面貌。伽罗华的"爆发"，用了一夜光阴。

《黄河大合唱》则是诗人光未然和音乐家冼星海共同"爆发"的结果。1939年暮春，光未然躺在延安的医院里，5天写出了全部歌词。接着，冼星海在小窑洞里谱曲，花了6天时间，中华民族音乐史上的不朽杰作，就这样问世了。这既是中国音乐史上的一座丰碑，也是他们自己一生创作的最高峰。

安史之乱时，大书法家颜真卿听到他最喜欢的侄子牺牲的消息后，五内俱焚，痛不欲生，愤怒情绪无以排遣，抓起狼毫，笔走龙蛇，一气呵成，写下了著名的《祭侄帖》。悲愤之情，溢于字里行间，抒发得淋漓尽致，被后人誉为天下第二行书，成为颜真卿书法创作的一个高峰。

芸芸众生，名人和常人的一个重要区别，就是平时看着大家似乎都一样，但是名人一生总有那么一两次成功的"爆发"：突然地一鸣惊人，突然地鹤立鸡群，突然地与众不同，"突然一峰插南斗"。

当然，"爆发"看似只有几天甚至更短时间：其实，可能是一个人数十年努力积累的结果，甚至可能是一生不懈奋斗的一个总结，所谓得之在瞬间，积之在平时。也就是说，"爆发"固然需要灵感，需要激情，需要过人的智慧，需要能把握机遇的机敏，但更需要数十年如一日扎扎实实地工作，认认真真地积累，苦心孤诣地研究。这样，一旦遇到天时、地利、人和俱备，便能"该出手时就出手"，实现自己人生的重要"爆发"，攀登上自己人生的最高峰。

"怀才不遇"是一种流行病

时不时的，总会听到有人埋怨说自己"怀才不遇"，特别是在喝高了酒，有了几分醉意后。

当作家的人说：我都写了那么多作品了，还没有出名，这世界真不公平，伯乐都死到哪里去了！当演员的人说：快演一辈子了，还是跑龙套，我的艺术才华算是埋没了！做官的人说：论本事，论资历，本来那个位置是我的，生生被人挤掉了，想起来就生气。做生意的人说：我是有经商才能的，可惜生不逢时，环境太差，要不然我也能当李嘉诚。甚至一个颇有几分姿色的半老徐娘也埋怨说，自己当年嫁得太窝囊，一朵鲜花插在牛粪上，要搁今天，怎么着也得嫁个千万富翁。

总之，许多人心里都似明似暗，隐隐约约，有一种"怀才不遇"的感觉，似乎王勃的"冯唐易老，李广难封"两句话，就是给自己鸣不平的，明珠暗投就是专门用来形容自己的。

那么，什么人才算是没有"怀才不遇"呢，如果用世俗的眼光看，无非是做大官的，发大财的，出大名的，享大福，载入史册的几种人。

可是，纵览古今中外，历朝历代，这几种人什么时候都是少数，那也就意味着，绝大多数人都"怀才不遇"了。

譬如说作家吧，如今，中国作协有八千多会员，省市作协有十万多会员，可是真正写出名的不过一两百人，在全国有影响的，也就是三四十人。许多作家辛辛苦苦写了一辈子，也有几百万字作品问世，仍然是默默无闻。换言之，"怀才不遇"了。

再如演员，总数不得而知，大致匡算一下，说全国有几十万不算夸张。光是北京一地，就有十万之众，号称"北漂"。北京电影制片厂的门口，每天都挤着上千名演员，黑鸦鸦一大片，眼巴巴地等着剧组来挑群众演员，即便被挑上了，顶多也就是匪兵甲、群众乙，连句台词都没有。其实，他们中间有表演天赋的还真不少，没办法，僧多粥少，只好"怀才不遇"了。

李白自称"天生我材必有用"，人家还就是不夸张，写诗几乎就像打喷嚏一样，说来就来，出口成章，还都是精品佳句，让后人时代传诵。就连喝了人家几顿酒写下的极普通的应酬诗，也能不胫而走，孩童们从小就背得滚瓜烂熟："桃花潭水深千尺，不及汪伦送我情"。无怪乎诗人余光中夸他，"绣口一吐，就是半个盛唐"。名称诗仙，千秋留名，就这样他还觉得自己"怀才不遇"——没当上官。

可见，怀才不遇似乎是一种流行病，大家都很紧张而兴奋地宣称自己患病了，其实，到医院一查，大多数都是虚惊一场。怀才不遇也是如此，有的人是真的怀才不遇，有的根本就没有才，是假才、虚才，本就不堪大用，也不存在什么遇不遇的问题。

所以，究竟是否"怀才不遇"，最重要是给自己正确定位，看看自己究竟有几分才学。譬如，大家给"初唐四杰"的定位是"王、杨、卢、骆"，而杨炯给自己定位是"愧在卢前，耻居王后"，谦恭与狂傲并见。在大学中文系里，中国现代文学史对几个著名作家的定位是"鲁、郭、茅、巴、老、曹"，而郭沫若曾谦虚地说："如果鲁迅先生自称是一头牛，那我就是牛的尾巴。"茅盾接着说："您要是牛尾巴的话，我就是尾巴上的一根毛。"虽是玩笑之词，也可见大师对自己的定位的谦虚态度。

给自己定位，当然不仅限于那些名家大家，我们普通人也有给自己定位的必要。给自己定位，其实就是自我衡量，自我鉴定，自我估价，看看自己究竟有多高才华、多大能力，多深造诣，在自己的领域里、行业里、单位里，到底处于哪个层次，还有多大发展空间，和那些顶尖人物有哪些差距。通过正确定位，可以使自己不沾染"怀才不遇"流行病，保持清醒头脑，产生追赶动力，明确前进方向，扬长避短，不断进步。

给自己定位要有自知之明，实事求是，因此当有两忌：一是不能狂妄自大，目空一切，老子天下第一；二是不要妄自菲薄，自惭形秽，以为自己处处不如人。以笔者自己为例，杂文写了二三十年，作品发表了几百万字，书也出了好几本，如果给自己定位，可用八个字来概括：小有成就，略有才识。绝不敢有"怀才不遇"之怨言。

虽然"各领风骚三五年"，但平心而论，这世界真正有才的人不多，有资格说自己"怀才不遇"的人更少，大多数自认为"怀才不遇"的人不过是无病呻吟罢了。所以，我们不必每天都把"怀才不遇"挂在嘴上，还是扎扎实实干好自己工作要紧。须知，即便是才不出众的一般人，只要付出了努力，也肯定会有收获，也能走向成功。只要坚持"不放弃，不抛弃"，乌龟有时还就是能赛过兔子。

因而，一个不害怕"怀才不遇"的人，就永远不会"怀才不遇"。不论是作家、演员、军人、官员、商人还是其他职业，只要在干着自己喜欢的事业，在创造着价值，在奉献着社会，做着有益于他人的事，你就没有"怀才不遇"，你就有存在的意义。又何必在乎名气大小，职位高低，财富多少，有没有人记得你。

天才就比人才多个"二"

"天才就比人才多个二",是冯巩、牛莉演出的小品《还钱》里的台词,看似戏谑不经之词,其实揭示了一个深刻道理。

"二"是网络语言"傻"的意思。傻,一般都理解为不聪明、迟钝、死心眼而不知变通之意。其实,傻,还有执著、淡定、矢志不移、大愚若智的一面。现实生活中为何人才多如过江之鲫而天才少如凤毛麟角,某种意义上来说,就是一般人才大都少了那么一种执著坚韧的"二"劲儿。反之,古今中外那些天才人物,几乎无一例外都有些"二"劲,或做事一根筋,认定一棵树上吊死;或不识时务,不到黄河心不死;或执拗倔强,不肯变通等等。

音乐天才贝多芬,就特别的"二"。他一生只关心音乐,只擅长创作,人情世故一概不懂,奴颜婢膝的事从来不干,哪怕再贫困潦倒,窘迫艰难,也从不巴结权贵、交往富豪,不肯低下高贵的头。一次,他和歌德同行,遇到奥地利皇太子迎面走来,歌德赶忙毕恭毕敬地向皇太子鞠躬。而贝多芬只装没看见,大摇大摆地走了过去。歌德为贝多芬遗憾:

"这可是结交太子的好机会，你太傻了。"贝多芬却骄傲地说："皇太子可以有很多，而贝多芬只有一个！"

数学天才陈景润，也是格外的"二"。他是天生数学奇才，却是生活中弱智之人；他的数学公式推理出神入化，规范严谨，而家中却乱成一团，毫无秩序；他在数学王国遨游俨然一代大师，接人待物却幼稚得像个不谙世事的孩子；他在数学研究上精益求精一丝不苟，在生活上却简单凑合，不修边幅，"窝囊"到了极点。不过也正是这种不管不顾的"二"劲，使他得以数十年如一日，克服干扰，全神贯注地投入科研攻关，最终摘取了哥德巴赫猜想研究的硕果。

小说天才二月河的"二"劲则表现在"撞了南墙不回头"。二月河一开始写小说时，周围的人都对他抱怀疑态度，有好言相劝的，有冷嘲热讽的，他的倔劲儿上来了，我一定要弄出点东西让你们看看。从此，开始了20年的艰苦跋涉，殚精竭虑，夜以继日，屡战屡败，屡败屡战，终于大获成功，成了历史小说界的一朵奇葩。他后来在回答关于"成功秘诀"时说："我没啥才气，但运气还算不错，我写小说基本上是个力气活，不信你试试，一天写上十几个小时，一写20年，怎么着也得弄点东西出来。"

游泳天才菲尔普斯，只对游泳有兴趣，干别的反倒有些"二"。他在北京奥运会上连夺八金，创下奥运会空前纪录，大家都说他是天才，可他自己却不以为然，因为他太知道自己这个天才是怎么来的。他从12岁起，就开始学习游泳，每周训练7天，每天至少要游12公里，还要参加各种陆上有氧训练。11年来，从不间断。妈妈心疼地说，儿子的生活只有吃饭、睡觉、游泳三件事。两个姐姐想了很久，再也想不出弟弟的其他爱好："如果不游泳，他要么听音乐，要么看电视。"如果说他是游泳天才，天才就是这样打造出来的。

再联想广一些，哲学天才黑格尔，经济学天才李嘉图，物理天才牛顿，化学天才居里夫人，发明天才爱迪生，表演天才卓别林，绘画天才梵高，雕塑天才罗丹，语言天才陈寅恪，国学天才王国维，都与众不同，特立独行，好像有些另类，"缺根筋"，在世人眼里都有点"二"，但都大获成功，名垂史册，成为各自领域里的领军人物。

时代需要人才，更需要天才。平心而论，一般性的人才我们并不缺，缺的是能开天辟地改变世界的天才，而要想成为天才，除了睿智聪慧，不妨再加点"二"劲儿。

人得真信点什么

　　人生在世，务必得真信点什么，信得义无反顾，哪怕是"轻信"。而那些怀疑一切的人，思维固然"高明"，但一定活得很空虚、孤独，了无生趣。这种真信，应当发自内心，坚定不移；这种真信，好似黑暗中的蜡烛，无须太多，就能照亮生命的夜空，给人带来希望。

　　信耶稣，信佛祖，信老庄，信孔孟，自然也是真信，弥足珍贵，但那都可以叫信仰了，是比较大的范畴，是形而上的东西，不在本文讨论范围。我这里只想谈谈，在琐碎的日常生活中，在柴米油盐的俗物里，我们也应该真信一些东西。

　　相信有刻骨铭心的真爱情。我们可能会遇到爱情骗子，可能会情场失意，可能一直被爱神冷落，但如果坚定地相信世界上一定有真正的爱情，并为了寻觅真爱而不懈追求，感情生活一定很丰富。而且，经过苦苦努力，"衣带渐宽终不悔"，不吝真心付出，"为伊消得人憔悴"，你的真爱可能就正在"灯火阑珊处"。退一万步来说，即使你终生没收获爱情，也应该坚信，世界上确有一种美好的东西叫爱情。

相信有善恶报应。相信报应，甚至相信"天道轮回"，当然不是一个太理性的选择，也为许多高人、能人所不齿，以为是"小儿科"思维。但我们宁可宿命一点，真诚地相信善有善报，恶有恶报，因为这会让我们少生恶念，多为善事。刘玄德虽一生平庸，但有了一句"勿因恶小而为之，勿因善小而不为"的名言，就为他的德行、人格增辉不少，我们若能做到这一点，未必能出类拔萃，但肯定口碑不错。

相信世界上好人是多数。天下之大，啥人都有，如果不幸碰上几回小人、骗子、恶棍，你被害得苦不堪言，那也不要偏激地认为洪洞县里无好人，天下乌鸦一般黑。毕竟，不论何时何地，坏人终究是少数，也没有多少市场，而且早晚要受法律严惩。所以，我们还是要相信人心都是肉长的，相信周围大都是好人——可能是有缺点的好人，所以，要有与人为善的处世态度，毫不吝惜地向世人绽开笑脸。

相信有真友谊存在。假如我们不幸被朋友欺骗，假如最信任的朋友在我困难的时候袖手旁观，假如落井下石的竟然是关系最铁的朋友，那也不要轻易在字典里抠掉"友谊"二字，不要误认所有的朋友都是互相利用的关系。历史早已证明，真朋友、真友谊是永远存在的，古时的管鲍之交，桃园之谊，高山流水遇知音，近代的马克思与恩格斯，鲁迅与瞿秋白，梅兰芳与齐如山，都是不朽典范，千古楷模。只要我们用真心去交友，敞开胸怀去结谊，就一定能收获真诚的友谊。

相信未来不是梦。诗人食指在名诗《相信未来》中写道："当蜘蛛网无情地查封了我的炉台，当灰烬的余烟叹息着贫困的悲哀，我依然固执地铺平失望的灰烬，用美丽的雪花写下：相信未来。"的确，无论怎样困难的时候，绝望的时候，处于逆境的时候，艰难困苦的时候，我们都要坚定地相信未来。相信未来，不是幼稚的自我安慰，而会带给我们希望、动力和激励，伴随我们走出困境，步向辉煌。当然，相信未来的前提要建立在努力奋斗上，未来不是等来的，而是奋斗出来的，只要"我认真的过每一分钟，我的心跟着希望在动"，我的未来就不是梦。

把生命用足

　　世界上最宝贵的东西是生命，生命对每个人来说，都是"绝无仅有"。如果我们真的爱惜生命，就要把生命用足，活出精彩，活出辉煌，活得酣畅淋漓，活得不留遗憾。

　　生命可分为肉体与精神、体能与智能、创造力与工作力，所谓"把生命用足"，就是尽量把这些东西用到极致，力争做到"零库存"，譬如一个作家把脑子里的故事都写完，一个科学家把最后一个构思变成现实，一个慈善家把家财散尽等等。到最后告别人世时，基本上是油枯灯尽，用得差不多了，各种器官也都衰竭了，那是最理想境界。从这个意义上来说，有人活得窝窝囊囊，一辈子委曲求全，畏首畏尾；有人活得丰富多彩，有声有色，一辈子活出两辈子的精彩。

　　那些吃不舍得吃，穿不舍得穿，一辈子为儿女当牛做马的人，虽然留下大笔钱财，自己却活得非常憋屈，连飞机也没坐过，连县城都没进过几趟，不知名牌时装为何物，像点样的旅游也没有过一次，那就算是没有把生命用足，生命的质量要大打折扣。

有的人本事很大却没有施展，能力超强却没有发挥，志向远大却没有实现，或终老山野，或明珠暗投，或郁不得志，或英年早逝，那都算是没有把生命用足。东汉的严子陵，饱学之才，治国栋梁，却在富春江边钓了一辈子鱼；与诸葛亮齐名的凤雏庞统，满腹经纶，才高八斗，可惜刚出山不久就命丧落凤坡，他们都是没把生命用足的人。

把生命用足，就要在自己从事的那一行里干出名堂，干成翘楚。七十二行，行行出状元，"状元"就是把生命用足的楷模。是否把生命用足，与一个人的地位、能力、出身无关。一个普通农民，十八般农活样样精通，种地像绣花那样讲究，种地种成农业专家、"种粮状元"，十里八乡远近闻名，人人赞誉，那就叫把生命用足了。反之，一个大国总统，即便有经天纬地之才，包罗万象之志，如果任上没有作为，政绩平平，几年、十几年过去后，国家"涛声依旧"，人民生活没有起色，那么他不论地位再高，权力再大，也算是生命没有用足。

把生命用足，就要敢爱敢恨。爱一个人就要大胆追求，明确表露，抓住时机，猛烈进攻，能追到是你的幸福，你就好好享用吧；即便追求失败，也没啥遗憾，因为你争取了，努力了，拼搏了，但本事就这么大，水平就这么高，你没一点保留。恨就要义愤填膺地恨，光明磊落地恨，势不两立，不共戴天，不是你死就是我亡，就像岳武穆那样，"壮志饥餐胡虏肉，笑谈渴饮匈奴血"；就像鲁迅那样，痛打落水狗，一个也不宽恕；就像伍子胥那样，仇人楚平王即使死了，埋到坟墓里，也要挖出来鞭尸泄恨。

把生命用足，就要充分体验一切可能的生活方式，大胆尝试，不给自己设任何禁区。譬如年轻时没条件，买不起汽车，眼看着快迈入老境，钱有了，时间也有了，谁说老人就不能享受驾驶的乐趣？人家美国一位九十多岁老太太还要尝试跳伞，加拿大一个下肢瘫痪青年，竟然坐轮椅登上了世界上7000多米高山峰。还有传奇科学家霍金，全身只有一根指头能动，仍在进行科学研究，不断有新成果问世。咱们何妨也见贤思齐，潇洒走一回，"老夫聊发少年狂"，一息尚存就要享用生命。

这样，该干的事都干了，该说的话都说了，能跳多高就跳多高，能举多重就举多重，该辉煌时辉煌了，该开花时开花了，该结果时结果了，该享受的也享受了，是蛟龙你就腾云驾雾，倒海翻江；是鲲鹏你就扶摇万里，振翅高飞，没有任何遗憾。大限一到，一声道别：我走了！便驾鹤西去，得大自在，何其洒脱。

追求"精确"

中国人经常嘲笑欧美的主妇太"笨"，因为她们每次做饭都要用天平来仔细地称盐、糖和其他祛料，而中国人，不论是高级厨师，还是普通农妇，则很随意地用勺子加肉眼估计就能解决。其实这不是笨巧之分，而蕴含着一个是否追求"精确"的问题。

中国人的忽视精确，一直为西方人所诟病，美国作家斯密斯早在1894 年出的一本书《中国人的德行》里，就谈到了中国人"忽视精确"的毛病。他曾在中国生活了 22 年，是个"中国通"，他举了很多例子来说明。在中国问路程，有人说七八里，有人说五六里，不知哪个更准确，因为"每个人都可以根据自己的需要制定标准"；问年龄，他会说快三十了，五十多了，七八十了，你到底没弄清他的准确年龄，"在中国，很难碰到一个确切地说出年龄的人"；问时间，他会说是一袋烟功夫，一顿饭功夫，究竟折合多少分钟，你就猜去吧。

当然，中国人自己对此也有反省，接受过西化教育的胡适，就对中国人最爱用的"差不多"这个词深恶痛绝，写了一篇《差不多先生传》，风靡一时。可毕竟是积重难返，靠一两篇文章根本不可能改变国人"忽视精确"的弊端。

原来以中国为师的日本，早先也是忽视精确的，后来转向师法欧美，便开始追求精确了，日本生产的电器、汽车，不仅各项指标十分精确，外观也非常精致。就连日常生活，他们也很追求精确。一个中国留学生给日本餐馆打工，老板要求他每个盘子要刷七遍，他却以中国人的习惯思路来行事，差不多就行了，偷工减料，老板发现后就把他辞退了。他还牢骚满腹：刷七遍与刷三遍四遍有啥区别，我还给你节省水了呢！

斯密斯一针见血地指出："令人遗憾的是，中国人缺乏化学分子式的教育，而化学分子式是绝对需要精确性的。"中国人比较擅长那些大而化之玄而又玄的东西，从孔、孟、老、庄那时就是这样，而同时代的亚里士多德，就已经开始进行各种科学试验了。须知，现代科学是建立在严密数学基础上的，所以牛顿、爱因斯坦那样的大科学家不可能诞生在中国，而以精确、权威数字为支撑的诺贝尔科学奖也很难花落中国。

当然，近年来中国人在追求精确性上的进步也是有目共睹的。如今，媒体上每天都在发布各种统计数字，每个干部都能说出一大串与自己工作相关的数字，大小单位的总结报告都被一大堆数字所充斥。即便是统计灾难，也由过去的"损失惨重"，十室九空，"千里无鸡鸣，生民百遗一"的模糊说法，变成了现在的精确到每一个具体人，汶川大地震，就是每天滚动公布最新的遇难者和失踪者数字。

北京奥运会开幕式的巨大成功，也是追求"精确"的结果，时间的衔接，场次的安排，音乐光电的配合，堪称天衣无缝。而被张艺谋称为"最大遗憾"，舞蹈家刘岩在彩排时被摔成高位截瘫，则是相互间配合的不够精确所致，本来该接她的另一个平台车晚到了一秒钟，这就造成了悲剧发生。

最不幸的是，我们在追求精确的同时，"伪精确"也应运而生，当人们刚开始有了数字概念，就有人在统计数字上造假、掺水，欺上瞒下，最形象的说法就是"数字出官，官出数字"。这个事情仿佛也早被斯密斯料到了，他在书中说："首先，我们在研究中国的历史纪录时必须多留一些余地，采用中国人所提供的数字和数量很容易使我们上当，因为他们从来就不想精确。第二，对于中国人所提供的冠以'统计数字'以提高其权威性的各种材料，必须留有很大的余地。"这倒不是他有先见之明，而是我们在追求精确方面进步太慢了。

笑他三万六千场

东坡有言："百年须笑三万六千场，一日一笑，此生快哉！"所以，东坡一生，虽沉浮不定，祸多福少，但都没有挡住他的笑声，他是一个超常的乐观主义者，一个不可救药的嘻嘻哈哈派，似乎没有什么灾难能堵住他的笑口常开。可惜的是，东坡还是没有活到一百岁，也就没有笑够三万六千场，不过对他那种屡遭灾祸、命运多舛、多次面临死亡威胁的人，能活到64岁已经是个奇迹了。

有一个后人叫张学良，替他完成了"遗愿"，正好活了一百岁。但他大约有70年左右的光景都处于囚禁或半囚禁状态，能享此高寿，也得益于他的笑功。1936年底西安事变之后，他便踏上了漫长曲折的幽禁之路。但命运的沧桑并没有让他看破红尘，恰恰相反，他把"被软禁"当成了修身养性的人生大课堂。每日清晨6点，张学良准时起床去登山。在半小时的登山过程中，他摸索出了一套"大笑养生法"。他说，笑是为了长寿，早晨起床第一件事，就是要让自己快乐。想快乐，就要把心胸放宽，不要想烦恼的事。心胸放宽，首先要放松，整个心落下来了，身体才会松弛，不再压抑、紧张，才会由衷地发出笑声。就这样，他"索性笑他三万六千场"，笑成了百岁老人。

笑一笑，十年少；愁一愁，白了头。人生得意时，谁都会笑，这没什么；生活平淡时，时常笑笑，会提高幸福指数；而倒霉低谷时，还能笑出声来，尽管那是苦中作乐，也极为不易，能做到就是道行了。火烧赤壁后，逃难在华容道上，丢盔卸甲，狼狈不堪，曹操仍能放声大笑，无愧是一代豪杰，东山再起也就是个时间问题，果然，三国大战，曹操笑到了最后。

笑能健身养生，笑还能治病救人。唐代某太守患病多年，久治不愈，常抑郁寡欢。一日，慕名去看一老医生，老者望闻问切一番后，一本正经地对他说，无有大碍，月经不调耳！太守不禁大笑：我一须眉，何来月经，一派胡言，庸医、庸医！后来，每与人说，便大笑不止，闲来无事，一时想起，也难掩笑口。久而久之，多年痼疾竟然不治而愈。他这才明白，人家那是极高明的"笑疗"，反倒是自己愚钝了。

我们今天的娱乐形式，至少有一半以上是在逗人发笑的，相声、小品、滑稽剧、喜剧等，都是以开发各种笑容为己任。每年的央视春晚，对于重头戏的相声、小品，导演都有硬指标，大笑若干次，中笑若干次，小笑若干次，要想方设法让观众从头笑到尾。所以，甭管每年大伙都会对春晚提出一堆意见，可到时候还是会守着电视机大笑一个晚上；甭管多少人轰本山大叔下课，可人家就是历年春晚的一道"硬菜"，少了就不灵，因为他搞笑的艺术确实比别人要技高一筹。

笑，不要成本，不需练习，不要场地，不需设备，张口就来，咧嘴就是，暖如冬日，爽如春风，是世界上最物美价廉的东西。有的人非常吝惜笑容，整天阴沉沉的脸，他的生活一定很郁闷，生活在他周边的人也很倒霉。有的人整天快乐，喜眉笑眼，张嘴就乐，遇人便笑，连他周围的空气都是温馨的，与这种人打交道，有一个成语可以笑容，就是

"如沐春风"。

学习笑，锻炼笑，已成世界潮流。印度有笑瑜伽，瑞士有笑面馆，日本有笑学校，美国有笑医院，法国有大笑俱乐部，英国有笑吧……笑，已经成为人们减压、健体、美化生活的最佳运动。

苏大师提出号召"笑他三万六千场"，张少帅积极实践，足足"笑了三万六千场"，都成历史美谈，你、我、他何不也试他一试，永远与笑声做伴，在笑声中走完愉快一生。

有时候你得"目中无人"

京剧大师梅兰芳平时是个很谦恭的人，对人十分和气，常主动和人打招呼，毫无大名角的架子。可是当他一扮上戏妆，就立刻变得"目中无人"，看人的眼神是直的，别人和他打招呼，他也不回应，因为他已经提前入戏，全身心都在戏中，人与角色已溶为一体。戏班子都熟悉他这一特点，知道这时候绝不能打扰他，让他聚精会神地温戏。

著名作家二月河谈到自己的创作体会时说，当作家的，在写作时一定要目中无人，提起笔来，老子天下第一，放下笔后，小子天下老末。他就是以这种"目中无人"状态，成功地创作了《落霞》三部曲，在历史帝王小说方面独步天下，无人可及。而在现实生活中，二月河就和一个普通的老农一样，常在街头看人下棋，和人聊天，到菜市场与小贩讨价还价，随和、简朴，平易近人。

这两位成功者的共同经验之一，就是有时候要"目中无人"。"目中无人"，常被当成贬义词，谁要是被说成是目中无人，在人们心目中，他就是一副狂妄自大、骄傲自满的样子，如果这是一个人的常态，每天每时都是这样，眼睛长在额头上，见谁都不理不睬，那也确实很让人讨厌，很难与人相处。但是，一个人在刻苦学习时，在精心创作时，在科研攻关时，在激烈竞赛时，在执行任务时，如果做不到"目中无人"，常被别人干扰，心里老想着张三、李四，总有人影在眼前晃动，就很难聚精会神，无法轻装上阵，自然也不会与成功有缘。

"飞人"刘翔在比赛时，如离弦之箭向前飞奔，眼睛只有百米开外的横线，最多用余光扫一眼两边的对手，只有当他目中无人了，才能一骑绝尘，首先撞线。如果他"目中有人"了，那也就意味着他被人超越了，他就只有屈居人后的份了，庆幸的是，这种情况眼下还不多见。

演员在台上演戏时，台下是一片黑，全部灯光都打在台上，打在演员身上，演员往台下看时是看不见人的，这其中一个重要目的，就是让演员要目中无人，全神贯注地演好自己的角色，不被台下的各种情况所左右。老演员在教诲刚上台还有些胆怯的新演员时，往往就对他们说，你就当台下的观众都是一个个萝卜、土豆就行了，该咋演就咋演。这固然有些不敬，但话粗理不粗，其实还是一个要"目中无人"的道理。

央视《百家讲坛》是眼下最引人注目的一栏电视节目，登上讲坛的既有大名鼎鼎的作家，学富五车的教授，也有名不见经传的讲解员，初出茅庐的小导游。而对于一个年轻新手来说，要想讲得成功，发挥出自己水平，也须做到目中无人，唯我独尊。在轮到你发言时，就别再想着什么于丹、易中天、刘心武，此时此刻，我就是老大，我就是主角，别人都靠边站。反之，如果那些名家的身影老在你面前晃悠，你这一讲肯定要讲砸。

"目中无人"，在这里其实就是高度自信，就是全神贯注，就是心无旁骛，就是"虽千万人吾往也"，就是"泰山崩于前而色不变，麋鹿兴于左而目不瞬。"倘若进入不了这种状态，工作固然也能应付，考试也可过关，事业也能小进，局面也能维持，但绝成不了大师、巨匠、名家、大腕。当然，目中无人的状态，最好只限于你在工作、学习、竞赛、表演的这一段时间，到了平时，还是要目中有人，礼貌待客，和气对人，笑容可掬，谦恭一些为好。

士为知己者干

电视剧《五湖四海》里有这样一段故事。二十世纪六十年代初我国经济困难时期，上级机关给188军队医院的几个党外专家发了两斤黄豆一斤豆油，以补充营养，而院长、政委等领导却没份。许多人愤愤不平，或牢骚满腹，或冷嘲热讽。院长傅子刚耐心地给大家做思想工作，说这些专家贡献大，担子重，付出多，是医院的宝贝，应该给予特殊照顾。专家们感到组织上的关怀，也拼命工作，或出版在全国有影响的医学专著，或研制野战手术车，或主动请缨到福建前线参战，或谢绝大城市医院的调动，自愿留在条件相对艰苦的188医院，在他们的带动下，医院各项工作搞得热气腾腾。这虽是电视剧，但却真实地反映了当时一些单位的情况，由于领导干部的先人后己，高风亮节，尽管物质生活匮乏，但人心顺畅，氛围和谐，为人才创造了一个发挥特长的良好环境。

以一曲气壮山河的《黄河大合唱》成名的冼星海，有一怪癖，就是保证他吃鸡吃糖才能作曲。他是南方人，留法六年，洋学生出身，到延安后，住窑洞倒还没什么，最受不了的是吃小米，"没有味道，粗糙，还杂着壳，吃一碗就吃不了"，因此长期营养不良。为了创作《黄河大合唱》，他要保证自己的体力和精力充沛，因考虑到延安吃鸡不易，他退而求其次，要求吃糖。领导慨然允许，派诗人光未然去落实，他求爷爷告奶奶，经过有关部门特批，好不容易买了两斤白糖。

1939 年 3 月 26 日，冼星海开始工作，他盘腿炕前，一边抓撮白糖入嘴，一边从超长烟杆吐出腾腾烟雾，妻子钱韵玲在旁为他熬煮"土咖啡"。就这样，连续干了 6 天 6 夜，这部中华民族音乐史上的伟大作品终于问世。后来，有关负责同志听到这个消息，高兴地说，两斤白糖换来个《黄河大合唱》，太值了！试想，如果当年对冼星海的"特殊要求"不予理会，或者指责他搞特殊化，批评他"臭毛病"，《黄河大合唱》还能诞生吗，即便勉强出世，会是现在这个效果吗？

二十世纪五六十年代，陈寅恪先生在中山大学住小洋楼，拿高工资，还有专职助手、护士长期服务，小轿车随叫随到，每天还特供一斤牛奶，比当时的中南局书记陶铸的待遇还高，很多人对此不满意，牢骚满腹。有一次，陶铸到中山大学开座谈会，一些人就在会上提到这个问题，意见颇大，认为陈寅恪干活不多，待遇太高，要求取消陈寅恪的特殊待遇。陶铸回答说：过去，孟尝君还养士三千，有车有鱼，难道我们连一个陈寅恪也养不起吗？你们谁有陈寅恪一半的学问，也可以享受同样的待遇。可以说，如果没有陶铸的关心，陈寅恪的那些年不会那么舒心，也不可能有那么多学术成果。实事求是地说，他也是值得这样特殊关照的，作为"教授中的教授"，百年难遇的"读书种子"，历届政府都把他当国宝，国民党撤退大陆时还曾专门派飞机接他去台湾，他有享受特殊待遇的资格。

平心而论，两斤黄豆一斤豆油，两斤白糖一斤牛奶，的确算不了什么，即便是在经济困难时期。但它体现了对人才的尊重和厚爱，体现了对知识和创造性劳动的肯定与鼓励，体现了领导者礼贤下士的宽阔襟怀和恢弘度量。两斤白糖，如果给了别人，顶多是增加一些营养而已，而给了冼星海，就有了传世的伟大作品；一瓶牛奶，别人喝了，固然也有补充蛋白质维生素的意义，而给了陈寅恪，他就能给你弄出点令人惊艳的东西来，譬如《唐代政治史述论稿》《元白诗笺证稿》等。

古人说"士为知己者死"，似有些夸张，可操作性不强，但"士为知己者干"，却是亘古不变的硬道理。所谓"知己"，不仅是心理的理解和共鸣，也包括物质的支持和关爱，而舒心温暖的环境肯定会大大激发人们的创造力和工作效率。因而，那些老是埋怨留不住人才、人才不好好干的老板、领导、头头，不妨扪心自问，你有没有营造一个感情留人，待遇拴人，事业吸引人的小环境，你的"两斤白糖、一斤牛奶"，是统统自己享用了，还是给人才分享了？

怎么证明你来过？

人生一世，草木一春。这辈子不论是活得平平淡淡，一事无成，还是轰轰烈烈，功德圆满，最后都可用四个字来概括：来过，走了。

走了，无须证明，灰飞烟灭，户口注销，桌上自然没你的碗筷，床上也没你的铺盖，讲究点的发个讣告，拽两句"重大损失"，低调点的不事声张，"赶快收敛，埋掉，拉倒"（鲁迅语）。来过，却是需要证明的，谁证明你来过，怎么证明你来过？有的人刚过世就被人忘了，就是因为他没有来过的证明；有的人都走了几千年还被人记着，不时提起，就是因为他有来过的证明。

去河北赵州桥游玩，我们就会知道，隋朝时有个著名工匠李春来过，虽然他已走了1400多年，有桥为证。去河南达摩洞参观，导游告诉游人，达摩和尚来过，曾在这里面壁十年，最后创建了禅宗，有洞为证。到四川都江堰采风，景点石碑上写着，公元前250年蜀郡太守李冰父子来过，带领众人建造了这一宏大水利工程，至今还在造福社会，成为"世界文化遗产"，有堰为证。瞻仰杭州岳王墓，庄严肃穆，正气浩然，游人如织，香烟缭绕，有墓为证，岳武穆来过。

翻开《全唐诗》，字字珠玑，句句锦绣，李白、杜甫、白居易、岑参、高适，王昌龄、王维等2200人来过，有诗为证。站在故宫博物院的《清明上河图》前面，心旌摇动，令人震撼，大画家张择端来过，以画为证。重温老电影《女篮五号》《舞台姐妹》《牧马人》《芙蓉镇》，如诗如画，美不胜收，谢晋导演来过，有电影为证。欣赏流行歌曲《甜蜜蜜》《小城故事》《月亮代表我的心》《我只在乎你》，如泣如诉，音似天籁，邓丽君来过，有歌为证。

到酒店里点一道"东坡肉"，色泽红亮，味醇汁浓，酥烂而形不碎，香糯而不腻口，没的说，东坡来过——当然证明东坡来过的东西太多，诗、词、文、书、画、禅，皆一时之绝，且都可以大声证明：东坡来过！展开薛涛笺，写下诗词几行，以抒豪情，与文友唱和；斟满杜康酒，一饮而尽，口鼻生香，回味无穷；点一盏孔明灯，写下祝福的心愿，祈求国泰民安，薛涛、孔明、杜康，他们都来过，来过！

一个日本临终医院的护士，收集了1000位逝者临终前的遗言，他们都有这样那样的遗憾，或遗憾忙于工作忽略家人的，或遗憾只顾赚钱没有享受的，过遗憾没有周游世界的，或遗憾对不起朋友的，其中最多的一条，就是遗憾自己一事无成，没有留下生存过的证据。的确，人生难得，人生苦短，有意义的人生，就是要留点有用的东西，造福社会，惠及后人，影响风气，教化文明，以证明你来过，来得漂亮，来得辉煌。具体来说，这点东西无非包括德行事功与文字，即古人所谓"立德、立功、立言"。这"三立"能立起任何一条，不论是在物质文明还是精神文明方面有所建树，就等于留下了自己生存过的证据，有了来过的证明，你就没有白活。

人过留名，雁过留声。一般来说，一个人贡献越大，留的东西质量越高，证明你来过的范围就越大，证明你来过的时间就越长，换言之就叫名扬天下，万世流芳，但那都是成功名人的专利。你我这些普通人，能力水平不高，就是留点东西也影响不大，作用有限。即便如此，我等也不能自轻自贱，而要发扬"蛮拼的"精神，"勿以恶小而为之，勿以善小而不为"，力到处常行好事，力欠处常存好心，勤恳劳作，努力创造，多少给世界留点有用的东西，以证明自己没有白来一遭，活的有价值，有意义，用句流行的话来说，就是"活出你的伟大"。

怀才与怀孕

易中天先生说过一句名言:"怀才与怀孕一样,时间一长别人就能看出来了。"他这样说,绝对是有感而发。易中天虽非学富五车,也是饱学之士,谈不上才高八斗,也算得上才华横溢,可他一直默默无闻,不过是厦门大学的一个普通老师。直到 2005 年在《百家讲坛》一炮打响,58岁的他这才大红大紫,一发而不可收,成了著名学术"超男",并被戴上作家、学者、历史学家、社会问题专家、公共知识分子等一堆高帽。

怀才与怀孕,确有不少相同之处。一是必须都得有真东西,货真价实。怀才,那就得是真才实学,不论是经天纬地之才,还是鸡鸣狗盗之才,一定得真有用;怀孕,也一定是男精女血,胎定子宫,不论是"弄璋"抑或"弄瓦",总得生出个哇哇叫的孩子才行。如果是假怀孕,自欺欺人,最后很难收场。《大红灯笼高高挂》里,巩俐演的颂莲成了陈家四姨太,为了争宠假装怀孕,使得老爷天天围着她转,惹得其他姨太太嫉妒之极,后来假孕东窗事发,她被打入冷宫。假怀孕有风险,假怀才麻烦更大。赵国将领赵括,一向夸夸其谈,给人以有才的印象,其实腹中空空，有眼无珠的赵王令其带兵打仗，结果导致长平惨败，40万大军被秦军全歼，赵国从此一蹶不振。

二是都需要时间来检验。怀才和怀孕，光是自己知道还不行，最重要的是得让别人知道，得有人赏识、重用。真要有孕，五六个月时肯定会"现形"，谁都会看得出来，即便有人怀疑，一朝分娩呱呱坠地，总会用事实说话的。真要怀才，也要耐心等待，所谓怀才不遇，可能是因为怀得不够大，怀得时间还不够长。毛遂在平原君手下当门客，虽有才，却一直没被人看好，他足足等了3年，终于脱颖而出。秦兵大举侵赵，平原君到楚国求救，毛遂自荐前行。到了楚国，平原君跟楚王谈了一上午没有结果。毛遂挺身而出，陈述利害，唇枪舌剑，说动楚王出兵救赵。赵国解围，毛遂也一举成名。

三是都需要抓住机会，时不我待，过期不候。怀孕要排卵期才行，错过每个月的这几天，任你再努力也不行，所以，有了"造人"计划，还要算准日期，封山育林，时下，不孕率那么高，就与夫妻老抓不住最佳时机有关。而有些人怀才不遇一辈子，除了没碰到明主，或受人排挤外，也与没抓住机遇有关。"冯唐易老，李广难封"，两人都有才能，但一辈子没能遂愿，活得委屈窝囊，就是屡屡与机遇失之交臂。而那王勃，便是抓住了滕王阁作序的一次难得机会，笔走龙蛇，汪洋恣肆，尽展平生才学，一篇文赋便语惊四座，刚及弱冠，就誉满天下。

怀才与怀孕也有不同，怀孕最多十个月就被人知道了，而怀才也许一辈子不为人所知。所以，有人说，怀孕是妇产科的工作对象，怀才是精神病的成因之一。说也是，怀孕是喜洋洋的事，三天两头要去医院检查。怀才则多半是郁郁寡欢的事，一身文武艺没人赏识，满腹锦绣文章找不到买主，那心情还有个好？"举世皆浊我独清"的屈原，"不才明主弃"的孟浩然，"奉旨填词"的柳三变，报国无门的陆放翁，不都因怀才不遇而被人视为"癫狂"吗？

如今，怀孕不育者少，如难产、死胎、怪胎等；怀才不遇者多，都以为自己生不逢时，大材小用，明珠暗投等。怀才不遇似乎成了一种流行病，大家都很兴奋地宣称自己患病了，其实，到医院一查，都是虚惊一场。确有人怀才不遇，但有的根本就没有才，是假才、虚才，本就不堪大用，也不存在什么遇不遇的问题。

　　所以，怀有身孕早晚会被看出来，无须见人就说；怀有奇才，也必有施展之地，不必总把"怀才不遇"挂在嘴边，当有"天生我材必有用"的自信。

第二辑　文事月旦

"等身"与"二指"

　　"著作等身",是许多作家学者苦苦追求的理想,一辈子出的书往地上一码,和身高不相上下,那该何等气派,何等壮观,死也瞑目了。

　　"著作等身",是简书时代的成语,自然也是指简书而言,以《史记》为例,全书约52万余字,若每简写30字左右,则需近2万支简,摞起来大体是"等身"了。而今眼下,是纸书时代,要想"著作等身",只有两条办法:一是拼命写作,把书写厚;二是个子低点儿,就像三寸丁武大郎,外国的高尔基、萧伯纳与中国的冯骥才是肯定没戏了。当然,这后一条是笑谈,没听说谁为了"著作等身"就希望自己长得像武大郎。就按平均身高算吧,有人曾大略计算过,如果按一米七的身高计,"等身"的书大约是4000多万字。如果想达到这个标准,每年平均要写出60万字,一直要写70年。假设从20岁开始写作,也得写到90岁,就算你是少年天才,就像时下的神童作家,从十岁写起,也要写到80岁,不仅高产稳产,还要健康高寿,或许小说家有这个可能,学问家是绝对无法做到的。

大学问家梁启超，一生勤奋，著作颇丰，写了一辈子，大约1400万字，摆在地上，最多也就能到大腿根那样的高度，只能算个"著作半身"。如果梁先生不是死于庸医误诊，再多活上几十年，或许再整出千把万字，就能到胸脯那个高度，再来个四舍五入，也就基本上算是"著作等身"了。

鲁迅一生写了1100万字，包括小说、杂文、书信、日记，那是把吃奶的力气都用尽了。迅翁自己说是"把别人喝咖啡的时间都用来写作了"，"吃的是草，挤出来的是奶和血"，即便如此，也只是"著作半身"，还亏得先生身材偏低。

最接近"著作等身"的，是小说家张恨水，他一生写了约3000万字的作品，中长篇小说达100余部，恐怕是目前的最高纪录，把书摆在地上，能到脖子那么高了。外国作家里，巴尔扎克产量最高，大约有2000多万字，不过也累得很，常常一写就是十几个小时，就靠着咖啡来提神，积劳成疾，51岁就去世了。

不过，也有人对"著作等身"不以为然，新闻界前辈赵超构就持有这样一个观点：书不在多而在精，一个文字工作者的理想，不是"著作等身"，而是看自己的著作在身后能否在图书馆书架上占有二指厚的地位。想想也是，曹雪芹的《红楼梦》，即使把高鹗的后40回加起来也不过两三指左右。孔子的《论语》，不过是本一指薄的小册子，却是博大精深的儒家思想的经典。老子的《道德经》，只有区区5000字，连一指都没有，却洋洋洒洒深邃博大地构造出了一个朴素、自然、豁达、飘逸的宇宙观、人生观、方法论的宏大框架。影响所及，不但融会于儒、释铸成三位一体的华夏文明基本肌骨，而且也被越来越多的西方学者所推崇。这几本书虽薄，却是永远要在图书馆的书架上占有显赫位置的。

练武人有一句行话：一寸长，一寸强；一寸短，一寸险。长短兵器各有利弊，并不以长短论英雄。著书立说也是如此，"著作等身"固然惊人，但如果都是老生常谈，陈词滥调，文字垃圾，那就还不如一本短小精悍言之有物的小册子。时下，许多作家都在高速运作，高产稳产，动辄就是几十万上百万的宏篇巨制，摞起来怕也有几尺厚了，但质量却不敢恭维，多是粗制滥造等而下之的东西。照这样的速度，将来或许真能"著作等身"，可是能不能在身后的图书馆架上占有两指地位，却是很可怀疑的。

如果冯梦龙拿版税

闲来无事，又翻了翻书架上的"三言"，灰尘已很厚了，说明我和冯先生的疏远颇有一些时日。好在都是极熟悉的故事，极熟悉的人物，卖油郎还是那么老实巴交却又令人羡艳，杜十娘仍旧那样光彩照人又让人扼腕叹息。

每读"三言"，我都会由衷地赞叹，冯先生真是人间奇才，一枝如椽大笔写尽世间百态，令世代读书人如醉如痴。今天，他的文学价值又借助现代影视技术被充分挖掘，大放异彩，风光无限。粗粗一算，光是从"三言"故事里编成的戏剧、电影、电视剧就有数十部之多，其中我们非常熟悉的，有久演不衰的京剧《玉堂春》，有改编成各种版本、各种艺术形式的《白蛇传》，有改编成电影、戏剧的《杜十娘》《秋翁遇仙记》《十五贯》《千里送京娘》等。

我在想，如果冯梦龙生在今天拿版税，仅他的"三言"一部书，不论是拿书籍一版再版的版税，还是拿影视戏剧的改编税，他都能轻轻松松成亿万富翁。还不算他的其他著作，像《智囊》《古今谈概》《太平广记钞》《情史》《东周列国志》等 30 多种。就说《东周列国志》吧，那里边的西施败吴，勾践复国，荆轲刺秦，孙庞斗智，管鲍分金，吕不韦弄鬼，秦始皇统一，都被反复改编成各种影视剧，风行一时，要拿版税，肯定也是一个天文数字。每年的作家富豪排行榜他都要毫无悬念地名列前茅了。

可以毫不夸张地说，冯梦龙是对中国影视剧贡献最大的作家，没有一个人改编成影视剧的作品能超过他的，如果没有冯梦龙的作品，可能我们的一些影视频道都会面临捉襟见肘的尴尬局面。时下，为什么那么多影视剧一再重拍，关键就在于没有好本子，没有好编剧，只好炒剩饭，翻来覆去拍那些老题材，短的拉长，旧的翻新，文的变武，素的变荤。

无疑，如果影视界有几个像冯梦龙那样讲故事的好手，编传奇的专家，今天的影视剧一定会更加丰富多彩，百花盛开，因为今天的现实生活远比冯梦龙那个时代要更热闹，花样更多，各种消息、新闻传播更快，可供艺术创作的故事素材选择的余地也更大。可惜如今的一些影视戏剧编剧或才气不济，功力不够，或缺乏慧眼，想象力不足，又不肯下苦功夫去精雕细刻，苦心孤诣，只好坐在家里胡编乱造一些远离生活，缺少情趣，没有艺术魅力的故事，让屏幕前的观众索然无味，很难看下去。有时候，拿着电视遥控器换频道换了一圈，也没几个让大家都满意的电视剧。

"离了洪洞县"的玉堂春一声"苦啊"，至今回响在我们耳旁；妖娆多姿的白娘子那回眸一笑，就给西湖平添了断桥残雪、雷峰夕照，还有一段缠绵悱恻的爱情故事。呼唤当代冯梦龙，希望我们的文学长廊里再多出现几个杜十娘、白素贞、玉堂春……

"往死里写"

前不久，我有幸参加著名作家赵先生的作品研讨会。这些年来他笔耕不辍，大作频频出版，先后有 18 部作品问世，皆反应不俗，好评如潮。在听完评论家们热情洋溢的发言后，已 69 岁的赵先生也谈了自己的创作体会，话不多，也很低调，给我印象最深刻有两句，一是"活着要少睡，死了睡个够"，再一句是"只要写不死，就往死里写。"惊人之语，引起满座喝彩。

平心而论，历史上真正"写死"的作家其实并不多，据我所知，大概也就是马克思、曹雪芹、路遥、王小波、孙方友等数人，李贺算是半个，而"语不惊人死不休"的杜工部，最后也是死于他因。相反，长寿的作家却屡见不鲜，托尔斯泰、萧伯纳、雨果、歌德、毛姆都是长寿之人，而巴金老、苏雪林、章克标、杨绛、周有光则均以百岁辞世，目前健在的百岁作家还有马识途，身体都硬朗得很。

所谓"往死里写"，其实是表明一种只争朝夕的写作态度。写作，也叫爬格子，是很累的活。人们往往只看到作家成功后的鲜花掌声，而看不到作家创作时的艰辛与寂寞。一部几十万字的长篇，通常需要作家几个月乃至数年日复一日地每天废寝忘食的写作，这既是复杂脑力劳动，也是繁重体力劳动。许多作家都有这样的体会，写完一部长篇，就像生了一场大病，很多天缓不过来。所以，鲁迅谈到自己的写作时就说过："在生活的路上，将血一滴一滴地滴过去，以饲别人，虽自觉渐渐瘦弱，以为快活。"

"往死里写"，还表明作家立志为文学的献身精神。尼采在《苏鲁支语录》中这样说过："凡一切写下的，我只爱其人用血写下的书。用血写书，然后你将体会到，血便是精义。"无独有偶，作家从维熙谈到自己的写作时也说："时间只允许我向稿纸上喷血，不允许我'玩弄文学'。"还有身患癌症仍新作迭出的作家苏叔阳，他的体会是"冷淡的人不适合写作，作家要有能点燃别人心灵的激情之火。要把整个生命豁出去了，这样留给你的只有拼搏后的快乐。"看来，以命相搏，全力以赴，不惜"玩命"的作家还真不少，赵先生的"往死里写"，并非耸人听闻之言，实在是"我道不孤"，多有同伴。

毋庸讳言，龙生九子各有所好，作家圈里也有些人不肯付出心血，不愿做文学苦工，凭借小聪明在"玩文学"。譬如，那种漫不经心地信笔乱写，远离生活的胡编乱造，躲在象牙塔里的自鸣得意，絮絮叨叨的家长里短，自作多情的风花雪月，乱树旗帜、胡封山头的标新立异，矫揉造作的"小女人散文"，无病呻吟的"老男人随笔"等等。而那些"用身体写作"的"美女作家"和"妓女作家"的自我表白，那些诲淫诲盗变态畸恋的肮脏描写，那些专门瞄准"脐下三寸"的恶意下流宣泄等等，更是等而下之。这种作品，没有营养，只有毒素；没有思想，只有刺激；缺乏激情，充满颓废；虽也可能会一时"畅销"，但早晚会被扔到垃圾箱里去。

当然，推崇作家写作的"往死里写"精神，并非说是可以不爱护身体，不珍惜生命，不顾一切去写，那也是不科学并难以为继的。毕竟，留得青山在，不愁没柴烧，不论是作家还是别的什么家，如果身体棒，寿命长，肯定会出的东西更多更好，我们在敬佩曹雪芹的同时，不是也每每为他的早逝而扼腕叹息吗？倘若再赐他十年阳寿，《红楼梦》的后四十回就不须劳驾高鹗续貂了。

"往死里写"，如果理解成为文学的献身精神和虔诚态度，理解为写作时的苦心孤诣，殚精竭虑，是令人赞赏和钦佩的，虽不能至，然心向往之。

低吟浅唱

　　写作累了，我便去附近公园转转，本想求得片刻休憩放松，不意却常遭到高分贝噪音的围攻。园中歌者甚多，或单打独斗，或三五成群，都带着便携式音箱，一个声音比一个大，恨不得让全世界都能听到他的歌声。我颇不以为然，甚至很反感。你若是真唱的好，委婉动听，余音绕梁，给人美的享受，那也就罢了，我或许还会给你鼓掌。问题是有的人唱得实在太差，一路跑调，声嘶力竭，简直就是在制造噪音，你固然勇气可嘉，不怕出丑，可别人也没义务帮你审丑啊。这里没有歧视谁的意思，不是说唱得差就不能张嘴，唱得差不是你的错，但把音量放到最大让众人都来忍受你的噪音，那可就是你的错了。喜欢唱歌是幸福指数高的表现，值得鼓励，但为什么不能低吟浅唱呢？

　　低吟浅唱，低吟即低声吟咏；浅唱即小声唱歌。形容小声哼着抒情歌曲，也形容小虫在夜里鸣唱，还可引申为低调地著文论述等。我喜欢低吟浅唱，因为这是唱给自己或几个朋友听的，或许声音没那么优美，音准也不无瑕疵，但是完全发自内心，不掺假，不做作，即便唱得不好，也不会影响别人。其实，我平时不怎么唱歌，我的低吟浅唱主要是爬格子，说好听点就是笔耕著文。我向往的理想境界是，静静地读书，沉稳地写作，不考虑评论家的高见，不受各种评奖的干扰，拒绝炒作，远离起哄，文章能发表固然好，发不出去，就自娱自乐，时不时拿出来赏析一把。隔上两三年，文章积多了，结集出本小册子，请朋友师长指教，送热心读者一笑，自己也留作纪念。

钱钟书先生说："大抵学问是荒江野老屋中，二三素心人商量培养之事，朝市之显学必成俗学。"著书立说，需要静下心来，远离喧嚣，苦心孤诣，慢慢琢磨，低吟浅唱，才有可能弄出点有价值的东西。反之，若搞得动静太大，还没下笔就闹得世人皆知，就像开一场规模浩大的音乐会，那注定不会成功，顶多收获一把毫无用处的稗草。教授生徒，释疑解惑，也不需要高音喇叭。

《后汉书·马融传》记，东汉学者马融"善鼓琴，好吹笛，达生任性，不拘儒者之节。居宇器服，多存侈饰。常坐高堂，施绛纱帐，前授生徒，后列女乐。"也就是说，马融讲经论道的时候，常在高台上挂一个绛色大帐，并在帐后设列女乐，轻歌曼舞，搞得这么热闹，不知他是为了考验学生的定性呢，还是为了教书娱乐两不误。所以，尽管史书把"绛帐授徒"当做美谈，可后世没听说再有人仿效，把本该低吟浅唱的事情放大成引吭高歌，那就成了小沈阳的裤子——跑偏了。

"低吟浅唱"若从写作文体长度来说，还有一重意义就是等于短文小诗。左联五烈士牺牲后，迅翁写诗纪念："忍看朋辈成新鬼，怒向刀丛觅小诗。吟罢低眉无写处，月光如水照缁衣。"又是"小诗"又是"吟罢"，若就篇幅而言，鲁迅就是低吟浅唱的大师，他的文章大部分都是千字文，与那些动辄几十万上百万字的鸿篇巨著相比，确实不那么壮观。以至于有人不无轻薄地说"鲁迅没有长篇算不上大作家"，可中国有长篇的作家车载斗量，就文学影响与价值而言，无人能与鲁迅比肩，现代作家排序无论怎么调整，最后还是"鲁郭茅巴老曹"。有了一个鲁大师的榜样，像我这样喜欢写千字文的业余作者就有了底气，安安静静地舞文弄墨，欢欢喜喜地低吟浅唱。有人叫好，我向您致一声谢；无人喝彩，我照旧埋首书桌。

时下，污染正影响人们的生活质量。污染包括水、大气、放射性、重金属污染等，也包括噪声污染。如果我们不能带来金玉之声，那就不妨低吟浅唱，纵不能美化生活，也不至于污人耳目吧。

被高估的民国女作家

20世纪三四十年代，民国女作家曾辉煌一时，不仅阵容强大，人才济济，而且创作高产，佳作迭出。其中最为引人注目的，有冰心、萧红、丁玲、张爱玲、林徽因、庐隐、冯沅君、凌叔华、苏雪林、梅娘、草明、石评梅、关露等。她们特立独行，才华横溢，具有非同凡响的文学魅力，一些人还有丰富多彩的情感生活，跌宕起伏的人生遭际，因而不仅在当时成为文坛焦点，就是今天，她们仍不断地被人们发掘、谈论，同时也被不断地误读、曲解。在这些民国女作家中，有一些被贬低、冷落以至于遗忘，也有几位被明显高估、夸大甚至神化，譬如张爱玲、林徽因、萧红、冰心。用黑格尔的话来说，凡是存在的都是合理的，本文想探讨一下，那几位被明显高估的民国女作家的前因后果，来龙去脉。

咸鱼翻身的张爱玲

曾经在1950年代到1980年代的很长一段时间里，在大陆文学界，张爱玲被妖魔化为一个被汉奸文人胡兰成抛弃的怨妇，其作品也被尘封多年，文学史上仅仅一笔提过，似乎她是个可有可无的文学过客，是民国女作家中并不显眼的一个女配角。不要说普通民众，就是大学中文系的学生也大都没读过张爱玲的作品，她成一个被忽略和屏蔽、被严重边缘化的民国女作家。

命运的改变，要感谢美籍中国文学评论家夏志清教授的《中国现代小说史》，这部书在中国现代文学批评领域里，具有开创性的地位。夏志清在这部书里浓墨重彩地高度评价张爱玲的创作成就，所占用篇幅超过了大陆所有作家。在这部英文版的汉学著作中，他将这位当时尚未得到普遍认可的作家，排到鲁迅之前，甚至大胆断言：张爱玲是"今日中国最优秀最重要的作家"；《金锁记》是"中国从古以来最伟大的中篇小说"；《秧歌》在中国小说史上是"不朽之作"。这里边，既有他对张爱玲写作水平的真心赏识，也有两人的私谊因素，他们交往多年，书信不断。

20世纪80年代，夏志清的《中国现代小说史》在大陆出版，反响很大，在中国文学界引起不小震动，重新认识张爱玲就是其中重要成果之一。因为夏志清的极力推崇，加之人们对多年被禁锢作家与作品兴趣的强烈反弹，还有一些新锐评论家的推波助澜，张爱玲的作品陆续出版，有的还被拍成电视剧，如《金锁记》《倾城之恋》，让大家迅速认识了这个风格独特的另类作家，有的甚至成了她的忠实粉丝。特别是李安根据张爱玲的同名小说执导的电影《色戒》，更使得张爱玲名声大振，又掀起一股张爱玲图书出版热潮，仅《小团圆》一书印数就达到100万册，超过其他所有民国女作家作品销量的总和。张爱玲精选集、张爱玲全集，都销路不俗，还不包括无法统计的盗版书。一时间，张爱玲俨然成了现代中国最伟大的作家，几乎被一些崇拜者捧为"女神"。

平心而论，张爱玲的写作成就和水准都很高，写作风格和手法具有与众不同的特点，但其文学地位时下还是被过分高估了。张爱玲的作品风格阴暗偏执，幽闭幻灭，冷漠琐碎，作品内容又远离今天的生活，创作手法也乏善可陈，这几点就局限了她的文学高度。不妨听听几个名家的看法。杂文家王小波说："天知道张爱玲后来写的那叫什么东西。她把自己的病态当作才能了……"小说家王安忆说："张爱玲略一眺望到人生的虚无，便回缩到俗世之中，而终于放过了人生的更宽阔和深厚的蕴含。"文学评论家孟繁华说："张爱玲的作品本身与其曾经拥有的至高文学声望是不相匹配的"。《收获》杂志副主编程永新在《一个人的文学史》里评价张爱玲："她是有才情的作家，但是她的小说从文本的角度来看，都是比较一般的。至少不能把它当作经典，我读张爱玲的小说都很失望。"我以为这些评价都是比较中肯的。

随着时间的流逝，当人们逐渐从张爱玲小说带来的新鲜感冷静下来，由狂热趋于理性，当一切回复正常，人们会越来越认识到，张爱玲的作品"不过如此"，当初的神化与拔高是十分荒唐而可笑的。

久盛不衰的林徽因

林徽因有很多头衔，建筑师、作家、诗人。准确地说，她的职业是建筑师，写作是业余爱好。与张爱玲不同，她是个业余作家，作品的数量、质量、影响力，不仅不能与张爱玲相媲美，就是与她同时代的女作家冯沅君、凌叔华、苏雪林、梅娘等相比，也都相去甚远。但她却一直享有作家盛名，似乎从20世纪30年代至今，其在文坛上的热度一直居高不下，成为当代文坛一个奇迹。

1931年4月，她的第一首诗《谁爱这不息的变幻》发表于《诗刊》。以后几年中，又在《诗刊》《新月》《北斗》、天津《大公报》《文学杂志》等，先后发表了几十篇作品。大部分是诗歌，也有散文、小说、戏剧和文学评论。她的诗多数是以个人情绪的起伏和波澜为主题，探索生活和爱的哲理。诗句委婉柔丽，韵律自然，受到文学界和读者的赞赏，奠定了她作为诗人的地位。当时，她曾被聘为北平女子文理学院外语系讲授《英国文学》课程，负责编辑《大公报·文艺丛刊·小说选》，还担任《文学杂志》的编委。她经常参加北平文学界读诗会等活动。

盘点其文学成就，虽然著有散文、诗歌、小说、剧本、译文和书信等，但因数量较少，质量也非一流，与她享有的文学盛名不成正比。她的传记，先后出有十几种，比任何一个当代作家的传记都多；她的生活，被拍成电视剧《你是人间四月天》，更是名声大噪；她的逸闻，时不时出现在各种报刊上，刺激着人们的眼球……

林徽因的文学成就被高估，其实主要是得益于她的才貌双全和斑斓多姿的爱情生活，即所谓文学不足才貌补。她这一生，与著名诗人徐志摩有千丝万缕的情分，与建筑大师梁思成有稳定可靠的婚姻，与哲学教授金岳霖有心有灵犀的默契。她活泼大方，热情好客，加之能言善辩，见解不凡，吸引一群贤达在身边，这就是著名的"太太餐厅"。她追求自由，浪漫多情，留下许多真真假假虚实难辨的奇闻异事，令后人津津乐道。花容月貌加上有事业，有内涵，多才多艺，让她脱颖而出，成为人们百谈不厌的美女加才女，爱屋及乌，捎带着她的文学成就也水涨船高，被人们高看一眼。

起起落落的萧红

萧红远没有林徽因那么幸运，爱她的几个人又都给她带来不同程度的伤害，她又因病去世太早，年仅 31 岁，其文学才华还没来得及全面展示，她写的东西又过分沉重，主要表现北方农村底层人物的挣扎，不合那些世俗读者的胃口，所以，她的文学影响与文学地位一直是起起落落，很不稳定。

她的第一次引人注目，是在 1934 年。这一年她到上海结识了鲁迅，并在鲁迅的帮助下出版了长篇小说《生死场》，该书是最早反映东北人民在日本帝国主义统治下生活和斗争的作品之一，鲁迅为之作序，给予热情鼓励。《生死场》出版后，引起当时文坛的重视，好评如潮，萧红由此取得了在现代文学史上的地位，被誉为"30 年代文学洛神"。

沉寂几年后，1940 年萧红去了香港，这是她的第二次人生高潮。在此期间，她先是创作了带有左翼现实主义风格的长篇小说《马伯乐》，但质量不高，影响不大。随后，她又发表了一系列回忆故乡的中短篇小说如《牛车上》《小城三月》，反响不俗，引起人们注意。不久，她最有影响也最具水平的回忆性长篇小说《呼兰河传》问世，引起轰动，被香港"亚洲文坛"评为 20 世纪中文小说百强第九位。

萧红在新时期的重新趋热，没有张爱玲那么来势汹汹，是一种慢热，其被高估的程度也没那么突出。与张爱玲作品的热销相比，萧红的作品不是热点，销量比较正常，读者群比较稳定。像林贤治主编的丛书《萧红十年作品集》，仅印了八千册，无法与张爱玲的动辄数十万印数相比。但萧红的传记很多，版本达数十种，质量高低不一。比较有名的传记如骆宾基的《萧红小传》、汉学家葛浩文的《萧红评传》、林贤治的《漂泊者萧红》等。这些传记对萧红的文学成就评价都很高，有的也不无溢美之词，说她是"最伟大的女性作家"，她的作品"具有划时代的意义"，她是"鲁迅以后的第二个伟大作家"，"其富于天才创造的自由的诗性风格，我以为是唯一的"等等，这就有些拔高了。尤其是电影《黄金时代》的播出，进一步把萧红的文学成就与文学地位推向新的高度。

的确，萧红的小说具有散文化特征，对生活观察很独到，对人性中恶与丑陋的暴露，以及对男权社会暴力的揭示比较深刻。但是，毕竟萧红只活了 31 岁，其文学生涯很短，作品有影响的也只有《呼兰河传》与《生死场》，即便是这两部书，也存在着人物形象模糊、情节松散和语言生涩的缺陷，当今读者并不多。而且，萧红因为没有受过很好的教育，是凭着天赋和本能写作的，也正因为此，她的作品参差不齐，好作品特别好很独特，而另一些作品又明显很弱很不成熟。王彬彬教授在《中国现代文学研究丛刊》刊文认为，在"左翼作家"普遍边缘化的当下，萧红作为唯一的例外，受到的热烈推崇和极度赞美，"实在是有几分荒谬"。如果说张爱玲的高估市场主要在民间，萧红的被高估则主要局限于评论家层面，各有千秋。总之，萧红是个富有文学才华但还难称"伟大"的作家，其文学成就与地位不可过分高估。

"剩者为王"的冰心

冰心是民国女作家中最早开始写作、最早成名又寿命最长者，终年99岁。

早在"五四"文学时期，冰心就发表了一系列较有影响的关注社会问题的短篇小说，如《斯人独憔悴》《去国》《秋风秋雨愁煞人》，突出反映了封建家庭对人性的摧残、面对新世界两代人的激烈冲突以及军阀混战给人民带来的苦痛。引起人们的注意，但苦于不能指明解决问题的出路，作品似乎不够深刻。

1923年前后，她开始陆续发表总名为《寄小读者》的通讯散文，成为中国儿童文学的奠基之作。她的《繁星》《春水》和《寄小读者》都已经成了经典文本。她告诉孩子们要懂得博爱，爱自己、爱别人、爱世界的万物。

但她的最大缺憾是没有长篇小说，甚至连中篇小说也没有，而文学界恰恰最看重的是有没有"大部头"，就连鲁迅也因没有长篇曾遭人质疑其"伟大作家"的身份。而冰心只写了几篇有影响的短篇小说，再加上若干散文。从作品数量和影响力上看，冰心散文远远超过其小说。

自20世纪50年代以来，由于种种因素，冰心已基本封笔，偶尔有点小东西见诸报端。从 50 年代到 80 年代的 30 年间，频繁的政治运动，令人烦不胜烦，无瑕旁顾，一个个作家因文罹祸，也使得冰心噤若寒蝉，无心动笔。文革过后，冰心已进入暮年，身心都不允许她再进行新的大规模创作，她除了写过几篇短篇小说与杂文外，就再无大的建树。见到她的名字，多是在各种文艺会议上和中小学的教科书上。她的文名，她的文学地位、文学成就，都是靠 40 年代以前的作品在支撑着。

与张爱玲、林徽因、萧红比，冰心是个中规中矩的作家。她写作风格明快、阳光，文笔简洁易懂，很受读者尤其是小读者的欢迎，但也被人说是"不够深刻"。她的婚姻高度稳定，夫唱妇随，几乎没有任何值得炒作的逸闻，不仅如此，她还对林徽因的一些做派看不顺眼，写过一篇小说《太太的客厅》进行讽刺，以至于两人从此交恶不再来往。

正因为如此，一些人认为冰心的地位被高估了。韩寒等"80 后"作家发表言论，声称冰心、老舍、茅盾等人文笔很差，没有文采。如果说这还是嘴上无毛的后生小子的口出狂言，那么，夏志清的《中国现代小说史》也说："普通散文家里，像朱自清、冰心的书，都用不着太认真读。"可为什么冰心的名气比她同时期的那些女作家要大得多，有个观点说，冰心的长寿是一个重要因素。石评梅活了 26 岁，萧红活了 31 岁，庐隐活了 36 岁，林徽因活了 51 岁，就是活的较长的关露，也在 20 世纪 80 年代初去世，倘若他们也能都活到百岁之寿，说不定也会像冰心那样热，甚至比冰心更热，这就是"剩"者为王的道理，"谁笑到最后，谁笑得最好"。

民国被高估的女作家，各有各的情况，各有各的缘由。文学史还会不断被修改，作家们的文学地位还会调整，随着历史的推进，萦绕在作家身上各种迷雾会慢慢散去，各种偏见也会得到矫正。从一段较长的时间来看，文学史还是比较公平的，文学以外的政治因素会慢慢淡化，最终还是要靠作品本身说话，民国女作家们都会逐渐回归本位，得到其应有的评价。

为文当"戒"

古贤李冶有名言曰："吾闻文章有不当为者五：苟作一也，徇物二也，欺心三也，蛊俗四也，不可以示子孙五也。今之作者，异乎吾所闻矣，不以不当者之为患，惟无是五者之为患。"可见，作文章虽是个人行为，但若不是写日记自娱自乐，而是用以公开发表，拿给公众看的，那就不能信马由缰，百无禁忌，想写啥就写啥。考虑到文章的社会效果，读者的感受，下笔时就应有所忌讳，有所筛选，有所节制，哪些不能写，哪些有副作用，心里要有数。

80多年前，林语堂先生写过一篇杂文《今文八弊》，指陈时文八病："1.方巾作祟，猪肉熏人；2.随得随失，狗逐尾巴；3.卖洋铁罐，西仔口吻；4.文化膏药，袍笏文章；5.宽己责人，言过其行；6.烂调连篇，辞浮于理；7.桃李门墙，丫头醋劲；8.破落富户，数伪家珍。"他说的其实还是同样道理，与先贤李冶有异曲同工之妙。的确，那些低俗不堪的信笔涂抹，不负责任的胡说八道，你自己倒是写的痛快了，就像倒垃圾、排粪尿，但却会污秽他人心灵，亵渎世间美好，其后果并不比工厂排污强到哪里去。

不论是李冶的"文章有不当为者五"也好，还是林语堂的"今文八弊"也罢，说的都是为文当戒之理。星移斗转，世事多变，今日的为文之戒与昔日的为文之戒，具体内容或会有所差别，但大致道理和思路是一致的。

譬如那些低俗的色情描写，即谓"徇物"，也就是曲从世俗之意。一些格调不高作家为吸引眼球，哗众取宠，不是以艺术性和思想性来取胜，而是用没有节制的色情描写、肉欲故事来吸引受众。还有作家以"用身体写作"为卖点，在作品中大量描写污秽不堪的性动作，充满了感官刺激的内容。有的还以"此处删去××字"为噱头，不以为耻，反以为荣。此其一。

那些以丑为美、是非不分的文字，即谓"欺心"。时下的文艺界，颇有些作品以丑为美，黑白颠倒，他们耻于颂扬光明，歌唱英雄，宣传正能量，而是处心积虑地放大生活中的丑恶现象，鼓吹那种极端个人主义，宣扬拜金主义、享乐主义、历史虚无主义。此其二。

那些格调低下，趣味庸俗的文字，即谓"蛊俗"。这些作品缺乏积极向上的力量，充满了瞎编乱造的离奇情节；没有阳光明快的风格，偏爱阴暗变态的描述；与民众和时代严重脱节，靠闭门造车臆想出脱离生活的故事；置火热的现实生活于不顾，迷恋于写自己那点小隐私小悲喜。此其三。

那些无病呻吟，矫情空虚的文字，即谓"苟作"。一些作家脱离现实，不肯深入生活，加之江郎才尽，下笔干枯，又不甘寂寞，就胡写一些苍白空虚，矫揉造作的"美文"。情是硬挤出来的，文是乱凑出来的，学养不够就拼命煽情，文采不足就东拉西扯。于是，多情变成矫情，美文变成"没文"。此其四。

凡此种种，都是一个有追求有境界的作家须戒的文字。这些文字虽表现各异，五花八门，但万变不离其宗，从根上来说，都是都是将低俗当通俗，把欲望当希望。把单纯感官娱乐同于精神快乐。也就是所谓"烂苹果"，烂得轻的要"剜"，烂得重的则要直接扔进垃圾箱。

文字是否当戒，还有一条重要标准，即你写的东西是不是"可以示子孙"，这是李冶提出的甄别文章是否"不当"的第五条。如果一个作家对自己写的文字没有把握，不知是不是正能量，不知当戒与否，那就不妨就想想这一条，你的东西能让子孙读吗？

文人喜影射

影射，即用一种事物暗示或说明另一种事物。其有两用：一是起暗示、引导和提示的作用；二是借喻。影射也是一种写作手法，又叫"春秋笔法"，文人多长于此道，倘运用得当，能增加艺术效果，运用不妥，也会弄巧成拙，获罪与人。

鲁迅在《中国小说史略》指出："书中人物，几无不有所影射。"他的影射别人与被人影射，已成家常便饭。小说《理水》中有一个滑稽可笑人物，鲁迅未给他名字，只叫他"鸟头先生"。知情人一眼便能看出，这是在影射历史学家顾颉刚。在《理水》中，鲁迅还影射了潘光旦、林语堂、杜衡、陈西滢等。在《奔月》中影射了高长虹，在《起死》中又再度影射了林语堂。在《采薇》中影射徐志摩："他喜欢弄文学，村中都是文盲，不懂得文学概论，气闷已久，便叫家丁打轿，找那两个老头子，谈谈文学去了；尤其是诗歌，因为他也是诗人，已经做好一本诗集子。"又有："做诗倒也罢了，可是还要发感慨，不肯安分守己，'为艺术而艺术'。"鲁迅的影射手法，巧妙自然，增添了小说的魅力。

沈从文是个厚道人，但也偶尔会弄弄影射手法。20 世纪 30 年代初，以青岛大学校长杨振声为首的八位教授，每逢闲暇常在一起开怀畅饮。他们多具有欧美留学背景，处处一派绅士作风。同事沈从文与他们格格不入，甚至有些反感，便以此为素材创作了小说《八骏图》，讽刺了教授们醉生梦死的生活和扭曲心理。小说发表后，引起轩然大波，那八位教授纷纷与他反目，尤以闻一多为甚。于是，沈从文只得卷铺盖走路。据美国汉学家金介甫先生考证，《八骏图》中有闻一多、梁实秋等人的影子："沈在小说中可能把闻一多写成物理学家教授甲。"后来，沈从文在《水云——我怎么创造故事，故事怎么创造我》一文中说："《八骏图》和《月下小景》结束了我的教书生活，也结束了我海边孤寂中的那种情绪生活。而年前偶然写成的小说，损害了他人的尊严，使我无从和甲乙丙丁专家同在一处共事下去。"1938 年，闻一多领着师生跋涉到西南时，沈从文邀请闻一多和学生到自己家里，帮他们搞民间现代歌谣及苗人谣曲，两人这才重归于好。

20 世纪 30 年代中期，美女加才女又嫁得好的林徽因，声震一时，因为羡慕嫉妒恨，当时"几乎妇女全把她当做仇敌"，女作家冰心大概也未能免俗。她本与林徽因是朋友，但却写了一篇小说《太太的客厅》而关系交恶。原来，梁思成、林徽因一家搬到北总布胡同的四合院后，由于夫妇二人的人格与学识魅力，很快在其身边围聚了一批当时中国的文化精英，如徐志摩、金岳霖、胡适、朱光潜、沈从文、萧乾、陈岱孙、周培源、张奚若等。他们常常在星期六下午，陆续来到梁家，品著坐论天下事，林徽因往往语出惊人，主宰讨论，她家被时人称之为"太太的客厅"。看到这篇小说，林徽因便对号入座，很是生气，立即叫人送了一坛山西老陈醋给冰心吃，以影射冰心的吃醋。两人从此陌同路人，老死不相往来。

还有钱钟书，也极喜欢影射一术，且手法颇妙，是个影射高手。在

《灵感》里，他影射鲁迅"作家抬眼看见病榻前拥挤的一大堆人，还跟平时理想中临死时的情景符合；只恨头脑和器官都不听命令，平时备下的告别人世的一篇演说，此刻记不全也说不清。好容易挣扎出：'我的作品……将来不要编全集……因为……'"在《猫》，他影射沈从文、周作人、林语堂、林徽因夫妇，绘声绘色，惟妙惟肖，读来令人忍俊不禁。

　　影射，运用得当，可使作品增趣添彩，而没有使用影射手法的小说，会少意趣减魅力。特别是文人之间的互相影射，更会令读者浮想联翩，思绪万千，生出别一番情致。

你写的根本不是诗

1960 年秋，周恩来、陈毅等人为国际友人安娜·路易斯·斯特朗做寿。席间，说到"大跃进"期间的一句口号"人人都是诗人"。周恩来说，这句话不对，我就不是诗人，我做了一首诗，送给陈老总批评，他在上面写了几个字就退了回来：没法批评，你写的根本不是诗。言毕，两人相与大笑，举座皆欢。

平心而论，周恩来于诗还是颇有功底的，早年写的《春日偶成》《别李愚如并示述弟》《生别死离》《送蓬仙兄返里有感》《千古奇冤》等都称得上是佳作，特别是《大江歌罢掉头东》，更是传颂一时！当总理后，他日理万机，无暇旁顾，荒疏诗文多年，偶尔动笔，自然就不无生涩，有失水准。于是，就有了陈老总的快人快语，直言相告，周总理的雅量高致，从谏如流，诗虽告废，留下美谈。

诗无达诂，加之写诗者多自恋，无不觉得"诗是自己的好"，因而，诗歌批评历来被视为难事，说轻了如同隔靴搔痒，说重了会得罪人，话无遮拦的陈老总也就是碰上豁达大度的周总理，加上两人是无话不谈的多年老友，换个人弄不好就会因此结下梁子。

宋人黄庭坚读王观复的诗，不大顺口，就批评说："诗生硬，不谐律吕，此病自是读书未精博耳。"因言辞过于犀利，不留面子，闹得很不愉快，两人心生嫌隙，很久没有来往。他的朋友苏东坡就比较圆滑，《齐东野语》载："昔有以诗投东坡者，朗诵之，而请曰：此诗有分数否？坡曰：十分。其人大喜。坡徐曰："三分诗七分读耳。"那个诗人叫郭公甫，因东坡与之较熟，就以玩笑形式批评，令人忍俊不禁。这种东方朔式的批评，也叫"软批评"，别具一格，聊胜于无。

不过，也有些嫉恶如仇的文人，见不得诗文有毛病，即便是明知得罪人也要进行批评，似更见风骨。胡乔木是党内一支笔，也喜欢诗词，时常练笔，因身居高位，想听到批评的声音很难，他就想到了国学泰斗钱钟书，把自己写的一首得意之作拿去请钱"斧正"。钱钟书学富五车，精通诗文，且文人脾气浓郁，只认诗不认人，不仅在胡原诗稿上多处删改涂抹，而且毫不客气地回信说："尊诗情挚意深，且有警句；惟意有未达，字有未稳。君于修词最讲究，故以君之道律君之作。"

如今，虽说早已不是诗歌时代，但诗人仍旧不少，创作也还丰盛，只是敢直言的批评家越来越罕见了，有的轻描淡写，小打小闹，有的王顾左右而言他，有的甚至从批评家变成"表扬家"，这可不是诗坛福音。须知，诗歌批评是诗坛里的清道夫，是诗歌百花园的园丁，是诗歌草原上与诗人共舞的野狼。要想诗歌繁荣，多出精品，诗歌批评就不可或缺。一个好诗人，需要有与狼共舞的勇气，因为，批评家之"狼"，只会淘汰那些水平低劣、没发展前途的诗人，而会促使优秀诗人变得更强大、更完美。虽然鲁迅说过，"创作家大抵憎恶批评家的七嘴八舌"，但文学批评始终是存在与必要的，诗人若害怕批评就别在诗坛呆。

我在想，倘若有一天，"你写的根本不是诗"之类尖锐批评多了起来，诗坛的振兴就大有希望了。

空梁落燕泥

诗这东西，多与灵感悟性有关，似与勤奋刻苦无涉。因而，许多人写一辈子诗，苦吟苦熬，却没写出一首能传世的佳作，甚至连一句佳句也没有。

出佳句不易，出名句更难，可真要闹出一句两句，那就会"一句顶一万句"。北宋大学士宋祈因一句"红杏枝头春意闹"被人称为"红杏尚书"。东晋才女谢道韫咏雪诗中有一句"未若柳絮因风起"而被誉为"咏絮才"。名句魅力如此之大，无怪乎诗人对自己呕心沥血得之不易的佳句名句，往往惜若珍宝，甚至视同生命。

清人王士禛《香祖笔记》载：唐诗人杨凭，有表弟窃其诗卷登第。凭知之甚怒，且诘之曰："'一一鹤声飞上天'在否？"表弟答曰："知兄最爱此句，不敢奉偷！"凭意稍解，曰："犹可恕也。"

而同是唐朝诗人的刘希夷就没这么幸运了。他写过一首《代悲白头翁》，其中有名句"年年岁岁花相似，岁岁年年人不同"，甚为其舅父也是诗人兼宫廷侍臣的宋之问所喜爱，竟厚着脸皮要刘割让给自己。宋软硬兼施，刘希夷坚拒不从，结果硬是被宋之问用土囊活活压死。

把为一句诗而折磨人虐杀人的人称为"诗变态"也未尝不可，宋之问是一例；还有一个大名鼎鼎的隋炀帝，则因为别人的诗超过了他而杀人，也是一例。

隋炀帝好诗而不精，却自我感觉极好。有一次，他做了一首押"泥"字韵的诗命大臣相和，别人写的都很一般，惟独年轻气盛也素有诗名的薛道衡所和的《昔昔盐》最为出色，其中"空梁落燕泥"尤为人们所激赏，也因此很遭隋炀帝的嫉恨。后来隋炀帝编造罪名把他杀掉，临刑前还不忘嘲弄他："看你还能写'空梁落燕泥'吗？"事隔不久，隋炀帝又写了一首《燕歌行》，命大臣做和。有鉴在先，大家都学乖了，才子王胄偏不信邪，一句"庭草无人随意绿"，把隋炀帝的脸都气绿了。没过多久，王胄也"因故"上了断头台。

后人编诗集，都不会忘了刘希夷、薛道衡、王胄，更不会忘了他们用生命换来的名句，而无论如何不会让隋炀帝之流跻身其中，毕竟，诗不是权势的奴婢。在诗神的殿堂里，只有才华、诗情的地位，而不会有专制、残暴的座椅。今天，我们捧读、赏玩"空梁落燕泥""庭草无人随意绿"这样的千古名句，不能不深深地感叹，历史前进哪怕只是最微小的一步，都需要千千万万的志士为之献身，每一份文化遗产，都是前人血泪而成，于是便肃然起敬，拈香遥祭。

《梁祝》的"助产士"

1959 年 5 月 27 日，小提琴协奏曲《梁祝》在上海首演，成为中华民族的音乐瑰宝。因为《梁祝》，我们知道了作曲家陈钢、何占豪，知道了小提琴演奏家俞丽拿，还有一个人也是无论如何不能忘记的，那就是《梁祝》的"助产士"孟波。

1958 年冬，上海音乐学院办公室，党委书记孟波打开一封学生来信，信中写着为国庆 10 周年献礼的三个创作意向的选题：1. 全民皆兵；2. 大炼钢铁；3. 梁祝。沉思许久，然后他毅然在"3"上画了一个圈。

当时正是"大炼钢铁"的"跃进"年代，就形势而言，有一千种力量，有一千个理由，会把选题定在"大炼钢铁"或"全民皆兵"上；有一万种力量，有一万个理由，会把《梁祝》扼杀在母腹之中。可是历史偏偏就在这里发生了奇迹，《梁祝》就是在这偶然得不能再偶然的机遇中孕育了，在这狭小得不再小的历史夹缝中诞生了，因为这里有一个睿智而果敢的"助产士"孟波。

回头想想，真叫人有些后怕。倘若当时音乐学院的党委书记不是孟波，随便换一个人，肯定会毫无犹豫地把圈画在"1"或"2"上，因为这既是赶时髦又出自本能，既贴近"时代精神"，又与献礼合拍，而且是"政治正确"，即是今天看来，也在情理之中无可厚非。如果真是这样，经典名曲《梁祝》就会胎死腹中，成为永远无法弥补的遗憾。然而庆幸的是，决策者的椅子上坐的是孟波，一个高明而内行的"接生婆"。

而且即使是曲作者陈钢、何占豪，本意也是要搞"全民皆兵"或"大炼钢铁"，那个"3"不过是凑数的，因为他们也觉得在哪个"火热"的年代，搞卿卿我我的曲目不大合"时宜"。可没想到，他们遇到的是孟波，一个独具慧眼的人，一个极具艺术鉴赏力的人，一个头脑异常冷静的人。于是，在孟波大力支持下，世界级名曲的诞生便有了一个柔软温暖的产床。

不仅如此，《梁祝》的初稿完成后，首次试奏时曲中还没有"化蝶"，只写到投坟殉情为止。一曲终了，大家都觉得"憋屈"极了，孟波及时提出：让梁山伯与祝英台的形象再美些，再亮些，应该要写"化蝶"，这是爱情的升华，也是一种浪漫的、更为强烈的中国式的反抗。听了这个意见，实验小组着手修改，很快就完善了，在音乐结构上也达到首尾呼应与一气呵成。作曲家陈刚后来评价说："孟波的这一圈一点，对《梁祝》的诞生起到了决定性作用。"

诚然，孟波的最大贡献就是对《梁祝》的一圈一点，这在今天也许稀松平常，然而不要忘了那时是在几乎人人头脑发热的"大跃进"年代，在一首"不合时宜"的曲目上画了一个圈，出个化蝶的点子，可是既需要超人的慧眼与卓识，更需要过人的勇气和胆略，甚至还需要有承担风险和压力的坚强脊梁。果然，在十年动乱时，《梁祝》被诬为宣扬封资修的大毒草，孟波也理所当然地被打成"授意炮制大毒草，毒害青年学生"的"反党分子"，"反对三面红旗"的"右倾机会主义分子"，到处挨斗，受尽屈辱，差点儿送命。

"青山依旧在，几度夕阳红"，《梁祝》已成为蜚声世界的名曲，与她的诞生相关的人都在一个个老去、逝去，而《梁祝》却永远年轻，她那如泣如诉的美妙旋律将与我们民族共存。《梁祝》是美丽的，然而又是孤独的，仔细想想，这几十年来，能与《梁祝》相媲美的可走向世界、可永驻人心的乐曲又有几首？这固然与缺乏才华横溢的曲作者有关，更与缺乏孟波这样远见卓识的"助产士"有关。那么，当我们沉浸在《梁祝》那美妙的乐曲声中时，请一定不要忘了大智大勇、运筹帷幄的孟波，向他深深地鞠一躬，道一声：谢谢！

科场失意文坛得意

情场失意赌场得意，官场失意商场得意，是民间颇为流行的说法，文化界则有"科场失意文坛得意"之说，究竟是巧合还是必然，姑且存疑，至少这几位的人生轨迹印证了这一说法。

在唐代诗人中，张继不是大家，恐怕也算不上名家，时人评他"不雕而自饰，丰姿清迥，有道者风"。《全唐诗》里选了他40余首，《唐诗三百首》里只选了他一首，而就这一首，就足以使他千古不朽了，这就是无人不知的《枫桥夜泊》，"寒山寺"也拜其所赐，成为远近驰名的游览胜地。这首诗，其实是他的落第诗，是他生活中最暗淡冷凄的日子的作品。当年，自视甚高，又志在必得的张继，没想到会名落孙山，铩羽而归。落榜是读书人的奇耻大辱，他欲哭无泪，亦无人可言，一肚子郁闷无处宣泄，这时，归船来到了苏州，停泊在寒山寺外。夜里睡不着觉的张继，愁肠百转，万念俱灰，面对点点渔火，耳闻夜半钟声，他突然诗意大发，喷薄而出，随口吟道："月落乌啼霜满天，江枫渔火对愁眠。姑苏城外寒山寺，夜半钟声到客船。"从此，张继成了诗坛不朽，《枫桥夜泊》红遍天下，寒山寺香火繁盛至今。

诗圣杜甫，诗风沉郁顿挫，忧国忧民，他的诗被后人称为诗史。但他也是科场的倒霉蛋，几次科场失意，最终也没有插花游街、马蹄轻疾的风流，衣锦还乡、袍笏加身的荣耀。而他最负盛名的《望岳》，就是第一次科举失败后的产物。"少年心事当拿云"，24岁的杜甫自然也不例外，满腹经纶，心雄万丈，在他眼里，中个把进士那还不是手到擒来。可"理想很丰满，现实很骨感"，他落榜了。落第归来，怀才不遇，他是满腹的怨气、怒气、戾气、不服气，无颜见江东父老，正好家里还有几个闲钱，就让他外出游历，其实就是散心。一路东去，晓行夜宿，不觉到了泰山脚下。来自平原巩义的杜甫，还从来没见过这样雄伟磅礴的大山，不禁眼睛一亮，胸襟舒展，多日郁闷于胸的晦气一扫而空。登高四望，只见峰险松奇，白云缭绕，远处黄河如带，顿时诗性难耐，不假思索，一行行隽永而壮美的诗句便如颗颗明珠连缀成串，历史上最伟大的诗篇闪亮登场："岱宗夫如何？齐鲁青未了。造化钟神秀，阴阳割昏晓。荡胸生曾云，决眦入归鸟。会当凌绝顶，一览众山小。"

科场遭受重创最甚者，莫过于柳永，他是皇帝亲自拿掉的。他"风流才调"，自信"多才多艺善词赋"，本来考得不错，自己也信心满满，曾对人夸口说，即使是皇帝临轩亲试，也"定然魁甲登高第"。可没想到，正是宋仁宗认为他政治上不合格，就把他给黜落了，并批示："且去浅斟低唱，何要浮名？"落榜后，柳永心灰意懒，无脸见人，干脆自称"奉旨填词柳三变"，从此无所顾忌地纵游妓馆酒楼之间，致力于民间新声和词的艺术创作。科场上的不幸，反倒成全了才子词人柳永，使他的艺术天赋在词的创作领域得到充分的发挥。《雨霖铃》缠绵悱恻，凄婉动人，离愁别恨，催人泪下；《八声甘州》痛苦愤懑，愁绪如水，被苏东坡巨眼识得，说其间佳句"不减唐人高处"；《望海潮》极尽铺陈，美不胜收，竟引得金主完颜亮"遂起投鞭渡江、立马吴山之志"。一时间，"凡有井水饮处，皆能歌柳词"，柳永成了婉约派的"龙头老大"。今日想来，还真得感谢宋仁宗，如果不是他把柳永一脚踢出科场，历史上就可能多一个浑浑噩噩的芝麻小官，而少了一个辉耀古今的词坛巨擘。

科场失意文坛得意者的名单还可列举很长，譬如李白、孟浩然、贾岛、苏洵、唐伯虎、吴承恩、吴敬梓、蒲松龄、归有光、郑板桥、魏源……和他们同场考试的状元、探花、榜眼，早已被人忘记了，而这些落榜者则千古留名、熠熠闪烁。

司马迁是小说家

　　司马迁是个伟大的历史学家，这一点是毫无争议的，鲁迅先生的定评"无韵之《离骚》，史家之绝唱"，早就被大家认可。其实，如果细读《史记》，看其人物之鲜活，情节之离奇，语言之生动，你不得不由衷地佩服，司马迁还是个优秀的"小说家"，是中国小说的开山鼻祖。

　　史家下笔，讲究无一字无出处，有一分证据说一分话，即所谓"无证不信"。如果真是这样的话，司马迁的《史记》就没法子写了。他所处的哪个时代，交通极度闭塞，信息传播手段极少，传播速度极慢；加之经秦朝焚书之劫，各国史书所剩无几，有的历史细节记录在案，有的则是以讹传讹，道听途说，与原来历史真实相差很远。可你看司马迁笔下的历史人物，绘声绘色，惟妙惟肖，一个个栩栩如生，活灵活现，说话也个个经典雅致，言简意赅，各具特色，就像太史公亲眼目睹的一样。

　　譬如《陈涉世家》记，陈胜在家务农时，既有"苟富贵毋相忘"的约定，"燕雀安知鸿鹄之志"的喟叹，又有后来起义动员时"王侯将相宁有种乎"的振臂高呼，这些豪言壮语确实让陈胜的形象立起来了，变得活生生的，呼之欲出。可是，这些话是如何传到司马迁耳朵里来的呢，莫非陈胜还是个农民、草寇时，就有人专门记录他的言行吗？依我所见，这八成是司马迁的文学"再创作"与合理想象，而且，以陈胜的出身背景，受教育程度，他也不大可能说出那样文绉绉的可以传世的语言。

埃下一战，小说气息更浓。项羽剩下几百人被围在埃下，他居然还有心思在大帐里看虞姬舞剑，还非常优雅地高歌一曲"力拔山兮气盖世，时不利兮骓不逝。骓不逝兮可奈何！虞兮虞兮奈若何！"还有兵败吴江后，与那位老船工的对话，悲壮固然悲壮，可谁听到了，谁记录下来了，典出何处，统统没有交待。以我度之，大概也是司马迁自己的杜撰而已，尽管是非常合理而且动人的杜撰，以至于大家都不愿意再去质询其真假虚实。无怪乎清代学者周亮工说："埃下是何等时？虞姬死而子弟散，匹马逃亡，身迷大泽，亦何暇更作歌诗！即有作，亦谁闻之，而谁记之与？吾谓此数语者，无论事之有无，应是太史公'笔补造化'，代为传神。"

还有《刺客列传》里的荆轲刺秦，在易水送别时，如果是历史学家的写法，大概会一笔带过：众人送别荆轲于易水。而在司马迁笔下，这可是一场重头戏，为表现英雄性格，不吝笔墨，大肆渲染，成了最让人感慨难忘的一段。《史记》里记载：太子丹带领大批人马，都穿着白色的衣帽去为荆轲送行。送到易水边，祭了路神以后，就要上路，高渐离击着筑，荆轲和着筑声唱歌，唱出凄凉的"变徵"音调，送行的人们都流泪哭泣。荆轲又一边前进一边唱道："风萧萧兮易水寒，壮士一去兮不复返。"悲壮慷慨的"羽声"音调，使得送行的人们都瞪着双眼，怒发冲冠。就在这时，荆轲毅然登车远去，竟没有回头。读这一段描述，你会不会想起张艺谋电影里的那些盛大夸张的场面，会不会想起托尔斯泰在《战争与和平》里的那些宏大悲壮场面的描写？

类似小说写作方法的内容，在《史记》里还有很多，举不胜举，也美不胜收。小说手法善于夸张，富有想象力，注重戏剧性，常用语言来刻画人物性格，司马迁对这些手段可谓运用娴熟，尽管那时候还没有小说这种文体问世，最多有一些简单的故事流传。而实际上，后世的中国小说家几乎无人不受《史记》的影响，《史记》成了所有小说家的至爱。他们或借鉴其人物塑造方法，或师法其优美的文笔，或学习其叙事的技法，等等，不一而足。现代著名作家鲁迅、张恨水、沈从文、金庸等，都承认自己的小说风格受《史记》影响较大，受益颇多。

英国有一部精彩老电影《鹰已着陆》，说的是，1943年9月12日，德国伞兵从意大利山顶监狱成功救出墨索里尼后，法西斯头子希特勒决定实施一个更大的计：把丘吉尔从伦敦绑架至柏林。电影的片头语说："本故事至少有一半来源于真实的史料，另一半则由观众来判断是真实还是虚构的。"或许可以用这段话来为"小说家"司马迁的《史记》作一注解。

第三辑　建功立业

事业是男人的"姿色"

近日，收到一条手机短信："事业是男人的姿色，姿色是女人的事业。"前半句我由衷赞成，说得太好了，深得我心；后半句则因其多少有轻视妇女之嫌，尽管不无道理，我有所保留。

男人自然也是有姿色之说的，美男子与丑八怪就是两个极端，多数人则姿色平平。但男人的姿色，半是父母所赐，半是自己挣来的。放眼看去，那些事业成功的男人，无不神采飞扬，气宇轩昂，脸上充满自信，嘴角带着微笑，因为那姿色是来自内心的。从外观看，他也可能会其貌不扬，可能会五官不端，但是成功的事业会让他变得满面春风，笑意盎然。

而没有事业、无所作为的男人，即使长得貌似潘安，那姿色也是惨淡的，眼睛大却无神，皮肤白却无光，头发多却无彩，精致的五官挡不住内心的空虚，漂亮的脸蛋换不来人们的尊重。所以，从某种意义上来说，男人没有事业就等于没有姿色。女人确实可以靠姿色打天下，有几分姿色事业就成功了一半，譬如杨贵妃、王昭君们；可男人如果也凭姿色吃饭，那还能干什么呢，过去叫面首，如今叫鸭子、公关，吃香喝辣自然不愁，可谁拿正眼瞧他。昔日武则天养的小白脸张昌宗，得势时大家都众星拱月般捧他，说他"脸如莲花"，一失势就狗屎不如，连脑袋都没保住。

男人的事业，一般要到三四十岁才见规模，所以，男人的姿色，最动人时不是二十来岁，而是在而立或不惑之年。所以，你看那些三四十岁的成功男人，个个顾盼自雄，踌躇满志，身边左护右拥，美女如云。当然，要说那些美女都一门子心思盯着成功男人的钱包，也不够公平，在她们眼里，除了钞票，成功男人自有其过人魅力，一颦一笑，一举手一投足，那"姿色"绝非寻常小白脸可比。

也许爹娘没给我们一副好皮囊，也许我们生得姿色平平，没关系，别自卑，要彻底改变自己的"姿色"，唯一一条出路就是干事业，把事业干大，把事业整红火，把事业闹得让男人嫉妒，让女人羡慕。这时候你再去照照镜子，可能还是塌鼻子，可能还是肉眼泡，可能还是黑脸膛，但一脸的自信，一脸的矜持，一脸的优雅，丑小鸭早变成了白天鹅。

曹操貌不出众，自惭形秽，就让仪表堂堂的卫士代替自己来接待匈奴使者，他站在后边冒充卫士。后派人问使者，你以为魏王相貌如何？使者答曰：魏王果然风度高雅，但他身后那人才是真英雄。看来，一个真正的成功者，不管怎么遮掩，那脸上的神采奕奕，志得意满，无论如何也是挡不住的。

如果用传统的审美观点来看，孔子、鲁迅、爱因斯坦、托尔斯泰、莎士比亚、丘吉尔，都是相貌欠佳的，或脑袋畸型，"生而圩顶"，或五短身材，一脸肃杀，或乱发蓬松，鹰钩鼻子，但他们成就的伟大事业把本人也变得相貌漂亮起来，到处有他们的雕塑和画像，怎么看怎么让人景仰，怎么看怎么让人喜欢，他们都成了美的化身。

因而，一个真正有出息的男人，先不要把精力放在穿衣打扮上，把小梳子、小镜子、香水瓶扔一边，好好奋斗，自强不息，挣一份大事业出来，往世人面前一摆，这就是你的"姿色"，你的资本，靠这个你才能无愧无悔地立于天地之间。

当然，倘若你不仅事业不凡而且姿色出众，就像"雄姿英发，羽扇纶巾，谈笑间樯橹灰飞烟灭"的孙公瑾，那也就只有江东小乔的国色天香能配上你，只有东坡居士的如椽大笔能描绘你，有如此造化，不知道是多少代修来的福，你就没事偷着乐吧。

姿色是女人的"事业"

网上在流传一句话："事业是男人的姿色，姿色是女人的事业。"前半句话议起来是一番天地，众说纷纭；后半句话，虽也颇有争议，但对相当一些女人来说，确实如此，她们就是把姿色当事业来干的。

不夸张地说，女人有了姿色，就至少有了一半的"事业"。天生丽质的女人，从小孩子时就受宠，一抱出来便被人千夸万赞，给足了家长面子；一上学又因为漂亮而备受老师喜爱，不想当班干部都不行；就职时，仅凭个漂亮脸蛋便能所向无敌，可当女模特、女明星，风光无限，可干女秘书、女公关，气象万千，一不留神就转正为名导演夫人、董事长太太；还没到谈对象年龄，后边就跟着一大群追求者，任挑任选。如果钓得金龟婿，嫁入豪门，年纪轻轻就成了腰缠亿万的富婆，颐指气使的贵妇人，一辈子吃香喝辣，呼风唤雨。所以说，男人靠征服世界来征服女人，女人靠征服男人来征服世界。

化妆，是女人"事业"成功的基本前提。高超的化妆术，确实可以以假乱真，让人格外年轻、光艳。常见到一些女人浓妆艳抹后光彩照人，一旦卸妆后便惨不忍睹。正所谓"上帝给女人一张脸，女人又给自己造了一张脸"。一些不安分的男人，在外边接触的大都是精心化妆的女同事、女客户、女下属，看上去无不美丽妖艳，让人想入非非，忍不住就想搭讪，套近乎，甚至动了勾引之心。回到家后，再看自己的老婆，脸色蜡黄，眼睛无神，嘴唇惨白，其实，他没想明白，自己老婆如果好好化妆后出去，照样也是可以迷到一圈男人、被人觊觎的。怪不得宋美龄的秘书写回忆录说，宋美龄化了一辈子妆，直到她百岁高龄，也不肯稍微马虎，从来不会素面朝天，哪怕是在自己家里，面对老公儿女。

整容，是女人保证"事业"成功的终南捷径。爹妈没把自己生好，那是没有办法的事，再回炉更不现实，只好动刀动剪，巧夺"天工"。整容，毕竟是在皮肉上"精耕细作"，难免会细菌感染、手术失败，据说，每年全国约有20万例因整容手术失败而毁容者。但仍有成千上万的女性义无反顾，不怕牺牲，在投入大把钞票后，又把自己的脸蛋、身躯放在手术台上，听任那些水平或高或低的整容医生纵横驰骋。最极端的例子，重庆有个人造美女，全身上下共接受了大大小小近百项整容手术，抽脂、削脸、垫鼻梁、丰乳、去毛、纹眉、重睑、漂白，整个就像变了一个人。我不赞成她的做法，却佩服她的勇气和毅力，我想，如果她把这种精神用在任何一项事业上，都没有不成功的理由。

装嫩，是女人巩固"事业"的最后一招。美女迟暮，是最可怕的事，再娇嫩的女人也不过二十来年好光景，一过四十，就开始皮皱肉松，鱼尾纹爬满脸颊，走在街上，会很煞风景地被小孩子误认为是"奶奶"。以色事人者，色衰而宠去，以姿色为事业者，姿色没了事业也就垮了，这时候，"事业"就到了危险之际，她们想方设法拉住青春的尾巴，脸上的粉涂得更厚，嘴唇抹得更红，说话嗓门装得更嗲，衣服选得更艳，再加上打针吃药，拉皮除皱，为了装嫩，无所不用其极。可惜，年龄不饶人，韶华难留住，那些个努力多为徒劳。

这个时候，我们会发现，那些原本姿色平平、毫不起眼的女人，反而会因事业成功而变得容光焕发，充满自信，魅力无穷，此时才会悟出一个道理：把姿色当"事业"，是靠不住的昙花一现；而把真正的事业当事业，才能永葆青春不老。

成功就是跟对人

这世界上，有人是叱咤风云的帅才，有人是冲锋陷阵的将才；有人天生是领头的，有人注定是跟班的。将才要施展拳脚，就要跟对帅才，才能大显身手，建功立业，"赢得生前身后名"；跟班的要想要有出头之日，也要跟对领头人，方可力不白出，汗不白流，熬他一个"春风得意马蹄疾"。

《西游记》中的八戒、沙僧，智商、情商都极为普通，武艺、本事更是稀松平常，但他们跟对了师傅唐僧，虽历尽艰辛，九死一生，但最后都修成正果，一个成了净坛使者，一个被封罗汉菩萨。试想，假如他们没跟随唐僧，就可能在高老庄或流沙河埋没一生，当个剪径土匪、吃人妖精。他们的成功经历充分说明，跟对人才有前途。

小说毕竟是虚构，不妨再看看现实。当初马云、史玉柱、李彦宏、柳传志打江山时，钱不多，势不大，名不显，却有一批死心塌地的"跟班的"，一心一意为他们打工，风雨同舟、患难与共，不离不弃，尝尽了创业的酸甜苦辣。今天，这些老板个个名列富豪榜，当初的打工仔也都成了开山元老、赫赫功臣，不仅有了令人惊羡的社会地位，而且个个都成了身价千万的富翁！他们的成功足迹再次证实：跟对人才有奔头。

反之，如果跟错了人，明珠暗投，误入歧途，任你有天大本事，盖世才华，也难免以悲剧而告终。谋略家文种，为勾践立下赫赫功劳，可惜他跟的主子"可共患难，不能共富贵"，赐给文种宝剑说："你有9条谋略，我只用3条便打败了吴国，你用这剩下6条去地下为寡人的先王效劳吧！"于是文种被迫自杀，留下了"兔死狗烹，鸟尽弓藏"的千古哀鸣。跟错人的队伍里，还有跟错了"奸雄"曹操被杀的旷世才子杨修，跟错了永王李璘而被流放夜郎的天才诗人李白，跟错刘邦被诛灭九族的大将韩信，跟错希特勒而臭名远扬的哲学家海德格尔，跟错蒋介石而走投无路的文胆陈布雷……

可见，跟对人，可以少走弯路，节省时间，距成功的目标最近；跟对人，可以少花许多气力，收功倍事半之效，至少不会白费气力；跟对人，上升时有人提携，摔倒时有人搀扶，成功时有人鼓掌；跟对人，有过失他会与你分担，有成就他会与你分享，遇到不测他会竭力保护你。跟对人，是你的福气，理当珍惜，计之长远，切勿轻易见异思迁。

也有人瞧不起跟人的人，以为最好自己独树一帜，不依不靠，顶天立地，凭个人本事打江山，这固然高明可钦，但在实际上却障碍重重，很难实施，特别是那些初出茅庐者，立足未稳，一穷二白，你不跟这个，就得跟那个。既然一定要跟人，那就要选准人，正确的眼光，是跟对人的前提。那些胸怀大志，才华超众，意志顽强，有领袖气质，大哥襟怀，能荣辱与共的人，跟着他干，没错，早晚会闯出一片天下，你也会跟着一荣俱荣。而那些刻薄寡恩，心术不端，嫉贤妒能，刚愎自用的人，即使本事再大，资本再厚，位置再高，名声再响，也不要去跟，弄不好他就是勾践、刘邦一类，过河拆桥，卸磨杀驴，是他们常用的招数。

跟对人，广义理解，也包括跟对有真才实学且责任心强的导师，23

位"两弹元勋"就有 13 位出自叶企孙门下；跟对经验丰富执教有方的教练，刘翔的大放异彩就与他的教练孙海平付出的心血息息相关；甚至包括跟对有爱心有前途有担当的老公，君不闻"男怕进错行，女怕嫁错郎。"当然，"王侯将相宁有种乎"，等你羽翼丰满，条件成熟时，自立门户，当家作主，也是不错选择，那又另当别论。

跟对人，靠眼光，好风送我上青云；会跟人，有艺术，大树底下好乘凉。

占领一座制高点

从飞机上往下看，白云缭绕，山峰林立，莽莽苍苍，很是壮观。在人的世界里，同样也是山峰林立，如刀似剑，直插蓝天，可以说每个杰出的人都是一座山峰，都有自己的制高点。

李白、杜甫占领的是诗歌的制高点，"一览众山小"；曹雪芹、施耐庵占领的是小说的制高点，也可俯视群山；王羲之、颜真卿占领的是书法的制高点，一字千钧，力压群雄；鲁迅占领的是杂文的制高点，笔扫千军，所向披靡；梅兰芳占领的是京剧的制高点，美轮美奂，光彩照人；牛顿、爱因斯坦占领的是物理学的制高点，博大精深，奇妙无比；徐悲鸿、齐白石占领的是绘画的制高点，想和他们一较高低，想从他们手里夺取制高点，一般来说不大可能，弄不好就会被人嘲笑为"蚍蜉撼树"。

然而，这并不是说后来的人才一点出头机会都没有了，因为还有次一级的制高点，同样很重要，很壮美。如果说李杜、曹氏占领的是三山五岳，咱们还可以去占领普陀山、五台山、峨眉山、九华山，一样的风光旖旎，美不胜收。譬如诗歌，即便不和李杜争老大，仍可以独树一帜，占领自己的山头，苏、辛占领的是豪放派的制高点，柳永、李清照占领的是婉约派制高点，陶渊明、谢灵运占领的是田园诗制高点，岑参、王昌龄占领的是边塞诗制高点，读他们的诗作，或波澜壮阔，或小桥流水，或金戈铁马，或柔情似水，都诗意盎然，给我们美的享受和精神熏陶。

如果连占领普陀、五台的机会也没有了，不要灰心，因为你还有别的机会，只要你在努力创造，不断摸索，在苦心孤诣，殚精竭虑，放眼望去，还有无数有名或无名的山头在等着你去征服、去占领。还说诗歌，李白的浪漫主义，杜甫的现实主义，双方对峙，不可撼动；豪放、婉约、田园、边塞几大流派也都名山有主，难以企及；但咱们还可以独辟蹊径，占领新的制高点，郭沫若的白话诗，李季的叙事诗，贺敬之的抒情诗，舒婷的朦胧诗，不都是吸引了大量读者，占领了属于自己的制高点，也奠定了自己在诗歌史上的位置了吗？

人人渴望事业成功，渴望出人头地，那就要争取做到"一招鲜，吃遍天"，一定得有自己的事业制高点。有了这个制高点，你就是标准、楷模，你就是权威泰斗，你就有了话语权，这样，你就能居高临下，占尽先机，拿到事业成功的钥匙，掌握阿里巴巴的密码，在历史上找到自己的位置。可是，一代又一代人的激烈竞争，攻城拔地，可以占领的山头早被人占领完了，当今世界，更是人才济济，竞争到了白热化程度，想拥有一座自己的制高点，是越来越难了，但难归难，不等于没有一点机会。

关键要选准方向，找好突破口。一个最基本原则是：决不重复别人，务必要独出心裁。比如练书法，我们练一辈子隶书也超不过汉隶水平，终生研习草书也难赶上张旭、怀素，然而，现任书法主席张海苦心揣摩多年，终于发明了一种韵味独特的"草隶"体，清新明快，一鸣惊人，发挥"杂交优势"，硬是在草、隶两座大山之间崛起了一座新的制高点。

再就是要矢志不渝，持之以恒。每个制高点都是一点一点地堆起来的，说是占领其实更是建设，没有个十年二十年功夫，不可能奏效，有的甚至要倾终生之力。因为道理很简单，"合抱之木，生於毫末。九层之台，起於累土"，看看我们周围那些拥有制高点的人，哪一个不是夜以继日的工作狂，哪一个不是把事业看得重于生命？

每个有志者都需要占领一座制高点，不一定是珠穆朗玛，不一定高耸入云，但一定是独具特色的、与众不同的、饱含自己心血的事业高地、生命巅峰。

会干还须会说

我注意过一个很有意义的现象，大凡成为历史名人者，都是会干又会说，会干是"硬件"，会说是"软件"，缺一不可。光会干不会说，指望着像李广那样"桃李不言，下自成蹊"，几率很小；光会说不会干当然更不行，空耍嘴皮子只能令人厌恶。

孔子高足子路，要论功业本来没什么太值得说的，可人家与敌人搏斗临死时还扔下一句话"君子死，不免冠。"结果被砍成肉泥。把老师孔子感动得一塌糊涂，把刚煮好的肉酱都倒掉了。这就成了一段师徒情深的历史"美谈"。

陈胜，揭竿而起，反抗暴政，有勇有谋，气壮山河。不过，大家今天偶尔提起他时，往往是引用他的一句造反宣言："王侯将相宁有种乎"？

霍去病，文武双全，仗打得好，功勋卓著，让敌寇闻风丧胆。但他的出名，似乎更得益于那句名言："匈奴未灭，何以家为？"

陶渊明，田园诗人。可当时会写诗的人太多了，就像今天会写博客的人一样，辞官不做的人也不少，为什么大伙偏偏对他印象最深？无他，人家有一句很长志气的牛话："不为五斗米折腰"。

范仲淹，文功武绩都不错，当然也谈不上多惊人，可是，与他同时代比他功绩更大的人，都湮没无闻了，只因为一句"先天下之忧而忧，后天下之乐而乐"，他却被我们永远记着。

再看"老外"，他们似乎更会说一些，当然活干得也不赖。

古希腊住在桶里的哲学家第欧根尼，其哲学思想恐怕全世界也没几个人知道，可是他与亚历山大大帝的对话却至今为人津津乐道。亚历山大大帝慕名前来拜访他："我可以满足你一切要求。"正在晒太阳的第欧根尼，毫不客气地说道："请不要遮住我的阳光。"

美国宇航员阿姆斯特朗，成为第一个登上月球者，前无古人，广寒一游就让人羡慕得不得了，登月时那句话也说得特别来劲："我迈出了一小步，人类迈出了一大步。"

大科学家牛顿，其科学贡献就不必说了，无人不知，但他有一句名言流传更广："我只是站在巨人肩膀上而已"。究竟是谦虚，还是自得，众说纷纭，见仁见智，反正大家都记住了，还经常引用。

大文豪巴尔扎克的名言是："拿破仑拿长剑打遍天下，我要用笔杆征服世界。"他的确做到了。《人间喜剧》，震惊天下，洛阳纸贵，巴尔扎克以自己的创作在世界文学史上树立起不朽的丰碑。

罗兰夫人，法国大革命时期著名的政治家，吉伦特党领导人之一，曾叱咤风云，无人争锋，如今，她的业绩已被世人淡忘，但她在上绞刑架前的名言："自由，多少罪恶假汝之名以行！"还在流传。

打住，不再罗列了。上述种种，已足以说明我的观点：事干得漂亮，再说上几句漂亮话，那就好比优良产品又配了个高质量的说明书，珠联璧合，你不想青史留名都不行。

一脚踹出个俞敏洪

新东方的创始人和校董俞敏洪，被誉为"中国最富有的老师"。更重要的是，在海外的中国留学生中，有 70% 是新东方的学生。在一些大学生、留学人员以及白领的心目中，俞敏洪的形象就像神一般。可是，许多人可能不知道，他有今天的辉煌，是北大一脚踹出来的。

1990 年秋，北大外语系老师俞敏洪，因在校外办托福班挣钱，被北大处分，并连续三天在校园广播宣布对他的处分决定。颜面扫地的俞敏洪，只得灰溜溜地离开北大，选择了做一个办班的"个体户"。许多年后，已是功成名就的俞敏洪回忆说："北大踹了我一脚。当时我充满了怨恨，现在却充满了感激。如果一直在北大混下去，我现在顶多可能是北大英语系的一个副教授。"

北大一脚踹出个俞敏洪，结果使他置死地而后生，这其实也是许多成功者走过的共同轨迹。汉武帝一脚踹出个司马迁，如果没有这一脚，司马迁也不会发愤图强，写出"无韵之离骚，史家之绝唱"。宋神宗踹了苏东坡一脚，把他踹到了湖北黄冈，没想到竟然踹出了他的传世之作前后《赤壁赋》《念奴娇·赤壁怀古》，使他一举成名，辉耀千古。宋仁宗端了柳永一脚："且去浅斟低唱，何要浮名！"把他赶出科举队伍，断了他的仕途。从此，他自称"奉旨填词"，以毕生精力作词，并以"白衣卿相"自许。结果名满天下，成了婉约派的鼻祖，一时间，"凡有井水饮处，皆能歌柳词"。至于司马迁在《报任少卿书》中列的"文王拘而演周易，仲尼厄而作春秋；屈原放逐，乃赋离骚；左丘失明，厥有国语；孙子膑脚，兵法修列；不韦迁蜀，世传吕览；韩非囚秦，说难、孤愤"云云，其实都是被端一脚的结果。

国外也不乏此例。1855 年，刚上了三个月小学的爱迪生，被学校认为是低能儿童，一脚端回家，谁也没料到，后来，他成了世界上最伟大的发明家。1933 年，爱因斯坦是犹太人，被希特勒公开通缉、没收财产，最后一脚端到了美国。没有了迫害与干扰，爱因斯坦反而因祸得福，科学研究不断创新，进一步完善了相对论，走上事业高峰，成了继牛顿后最伟大的科学家。1945 年，苏联作家索尔仁尼琴因在信中批评斯大林，被判处 8 年劳改，一脚端到冰天雪地的流放营。流放苦难使他掌握了第一手材料，写出了反映苏联监狱与劳改营内幕的史诗般巨著《古拉格群岛》等小说，在国际上赢得巨大荣誉，1970 年获得诺贝尔文学奖。

当然，并非随便是谁都能被一脚端出名堂，古往今来，被端的人多了，而因端发愤，改变命运的人却很有限。因为，端是外因，是一种强力刺激，只对那些素质高、有潜能的人起作用；如果你是个笨蛋、熊包、孬头，那就任怎么端也难端出什么奇迹。君不见，被北大开除、辞退、解聘的人并不在少数，为何只有俞敏洪横空出世，成了气候，如果追根究底，似更应该从他的自身素质上探求原因。毕竟，"端一脚"并非就导向成功，而无非是把你逼进墙角，逼你激发潜能，另辟蹊径，逼你柳暗花明，置之死地而后生。

大千世界，人海茫茫，不公平的事情到处存在，我们每个人都可能会被踹。被踹之后，哭天抹泪没有用，牢骚满腹没有用，自怨自艾没有用，自暴自弃更没有用。只有自强不息，百倍发愤，卧薪尝胆，用成就来回击踹你的人，用事实来说明踹你是一个错误。

因而，如果有朝一日你不幸被"踹一脚"，我先对你表示同情，和你一起大骂世道不公，老天瞎眼；继而则对你表示祝贺，因为你可能失去一个饭碗，又换来一个更大的饭碗，失去一个平台，换来一个更能施展身手的平台。穷则思变，事在人为，谁知道你是不是又一个俞敏洪，又一个爱迪生？

人生成功五层次

大千世界，人人皆望成功，个个忌讳失败，但成功有大小，层次分高低。美国心理学大师马斯洛有著名人生需求五层次说，我也狗尾续貂，不揣浅陋，凑成人生成功五层次说，供大伙茶余饭后一笑。

小镇名医，有救死扶伤之术；乡村名师，有点石成金之功；边城巧匠，有巧夺天工之技，村官乡吏，有造福乡梓之劳；公司白领，有业务骨干之谓。事业小有成就，名闻三乡五里，再加上教育有方，子女成才，理财有道，家境小康，出门有车坐，吃饭有酒肉，衣服多光鲜，邻人皆敬重。于是感觉良好，怡然自得，常以成功人士自居。此乃成功第一层次，谓之小打小闹。

或厂长经理，或高工教授，或部门领导，或演员作家。圈内略有名气，行内小有业绩，富甲一方不敢夸口，养家活口绰绰有余，有房有车有权有存款，房不算豪宅但且够住宽敞，车不靓欠豪华但代步满行，权不大能管一亩三分地，存款有限也应急够用。酒桌上常能听到恭维话，同学聚会也不时小吹几句牛皮，遇小事能做主敢拍胸脯子，有风流者还以养个把小蜜为荣。此乃成功第二层次，谓之初具规模。

朋友皆处长、厅长，交往尽董事长、总经理；请吃饭有签单权，一掷千金；开公车有司机效劳，油费、维修全包，还都是奔驰宝马；三天两头出国考察，不是领队就是团长。开会是主要工作，常为应酬多而不胜苦恼；出差是家常便饭，国内名山大川遍布足迹。偶尔也给希望工程捐点款，忙里偷闲给红领巾做做报告。还因为位高权重，时常有人送上红包，打来糖衣炮弹，有人凛然拒绝，洁身自好，也有人中弹落马，身败名裂，清者自清，浊者自浊，全看个人修为。此乃成功第三层次，谓之卓有建树。

常坐主席台，一说话就被人说是重要指示，或录音，或录像；常到基层视察，一出门就前呼后拥，或部下，或保镖。时常在电视台出头露面，或当特邀嘉宾，或为名人访谈。不时接受记者采访，谈人生感悟，谈成功经验，谈青春寄语，多被后生小子奉为圭臬。成功自然多与财富相伴，豪宅、名车、存款、股票皆不在话下，家中还多名人字画，稀世古董，或与外国政要合影，或世界名家馈赠礼品。此乃成功第四层次，谓之功成名就。

事业登上顶峰，名声遍布天下，不是代表，便是委员，不是董事长，便是CEO。时被邀请出国访问，各种讲坛口灿莲花，可支配亿万开支，可决策重大项目，有煌煌文集问世，出口便是名人名言。为文则泰斗大师，如鲁迅、巴金、矛盾、老舍；为伶人则"国际巨星"，如成龙、巩俐、章子怡、李小龙；为商则首富巨贾，如李嘉诚、包玉刚、邵逸夫、霍英东；为官则封疆大吏，保一方平安，兴一片事业，留一世英名。他们虑事常思千秋百代之远，功业每造福万千家乡父老；生即注定青史留名，死则必致万民同哀。此乃成功第五层次，也是最高层次，能企及者凤毛麟角，谓之登峰造极。

人生成功五层次之分，未见科学，更非权威，戏说而已。但一个人不论居何成功层次，是何成功高度，都值得骄傲自豪，都不虚此生，活出了价值，活出了名堂。有意者不妨对号入座，看看自己是何层次，居何高度，还有何发展空间。

第四辑　史里史外

秦淮八艳的气节

　　"秦淮八艳"，即明末清初南京秦淮河上的八个南曲名妓，故又称"金陵八艳"。计有柳如是、顾横波、马湘兰、陈圆圆、寇白门、卞玉京、李香君、董小宛。

　　她们八人所以联名，因为有这样几个共同点：美艳逼人，声名远播；多才多艺，能诗会画；忠于爱情，坚贞不屈；气节不俗，胜于须眉。这里单说她们的气节，秦淮八艳除马湘兰外，其他人都经历了由明到清的改朝换代的大动乱，表现了高于许多官宦士子的气节，令七尺丈夫汗颜。

　　最出名的是柳如是。清兵入关，势如破竹，眼看就要打到南京城了。钱谦益的爱妾柳如是力劝钱以身殉国，钱也同意了，大张旗鼓地对外声明后，率家人故旧载酒常熟尚湖，声言欲效法屈原，投水自尽。可是从日上三竿一直磨蹭到夕阳西下，钱谦益探手摸了摸湖水，说："水太凉了，怎么办呢？"不肯投湖。反倒是柳如是奋身跳入水中，不惜一死，被人救起。后来，柳如是多次变卖家财，资助抗清武装，连后世的大学者陈寅恪都为之感动，竟然在晚年双目失明后，还不辞辛苦，写了80万字的

112

《柳如是别传》，为其树碑立传。

最刚烈的是李香君。李香君的美名远扬，当然要感谢孔尚任的《桃花扇》，此剧虽有艺术加工，但基本上是大事不虚。李香君爱慕侯方域的一表人才，更欣赏他的气节道义，并鼓励他与权臣阮大铖划清界限，退还阮大铖的馈赠，支持他去投奔史可法的抗清斗争，为此她洗尽铅华，闭门谢客，等候侯方域归来。为了抗拒高官田仰的逼娶，她不惜跳楼以死明志，血溅桃花扇，成了一段美谈。后来，李香君为逃避清军，一路颠沛，辛苦不胜，终于病倒，弥留之际，她挣扎着让好友卞玉京为自己剪下一绺青丝，小心翼翼地用红绫包好，再把它绑在比生命还珍贵的桃花扇上，然后交给卞玉京，请她转交给侯方域，并留下遗言说："公子当为大明守节，勿事异族，妾于九泉之下铭记公子厚爱。"

最动人的是董小宛。她聪明灵秀、神姿艳发、窈窕婵娟，为秦淮旧院第一流人物，又称"针神曲圣"。与明复社四公子之一的冒襄相爱后，她立志相嫁，克服种种困难，终于嫁与冒襄为妾。冒襄乃饱学之士，才华横溢，名气很大，地方官屡屡催他出来应试或做官，而他在董小宛的激励下，拒不降清，不出仕，不参加科举。后因躲避清军，冒襄全家财产被洗劫一空，贫困如洗，董小宛仍不离不弃，想尽办法勉力支撑家计，殚精竭虑，积劳成疾，最后贫病而死，年仅 28 岁。冒家上下悲痛欲绝，将其葬于如皋影梅庵，不意成为一个景点，历代文人多有凭吊。

还有顾横波，通晓文史，工于诗词，才貌双绝，有"南曲第一"之称。据清余怀《板桥杂记》记载，顾横波"庄妍靓雅，风度超群。鬒发如云，桃花满面；弓弯纤小，腰支轻亚"。她嫁给"江左三大家"之一的龚鼎孳后，虽夫妻相偕，但也不忘民族大义，明清交替，龚鼎孳说要殉国，顾横波就拿来绳子让他上吊。没曾想龚不但不肯死，反而对人说"我愿欲死，奈小妾不肯何"，气得顾美女花容失色，郁闷多日。

寇白门倒也没有多传奇色彩，但也恪守了其应有的气节与操守。她嫁于权贵朱国弼，夫贵妻荣，令人羡慕，但在朱国弼降清后，她就毅然离开朱家，过自己自由的日子。卞玉京则在清军占领金陵后，耻操旧业，不再抛头露面。她原本钟情才子吴梅村，意欲嫁他，后来，吴梅村降清出仕，卞玉京薄其为人，从此不再与他相见。再后来卞玉京来出家当了道士，持课诵戒律甚严。至于名气最大、坎坷最多、影响最远的陈圆圆，，一个被卖来卖去的弱女子，很难能主宰自己的命运，但她于动荡飘泊中力求洁身自好，不肯助纣为虐，同流合污，也获颇多同情。

可见，气节操守与职业没有必然关系。满腹经纶的学者里可能有卖国求荣的败类，青楼卖笑的妓女里也可能有气节不凡的勇士。妓女，虽然被认为是最没有节操的人，可有些地位很高、名头很大的人，却寡廉鲜耻，连妓女都不如。

纪晓岚很"受伤"

　　乾隆雄才大略，自视甚高，且为人刻薄，经常奚落、嘲弄纪晓岚，尽管老纪一向忠心耿耿，活干得很出色，又号称一代大儒。好在纪晓岚也习惯了，谁让人家是主子呢，说句不争气的话，你想让皇帝骂，人家还不稀罕理你呢。可有一回，乾隆的话让老纪很受伤，他很热心地为朝庭提了一点小建议，没想到乾隆当场翻脸，恶毒地羞辱他说："朕以汝文字尚优，故使领四库全书，实不过以倡优蓄之……"

　　言外之意，别自作多情了，我养你不过是当一个能逗乐的戏子、小丑罢了，你还真把自己当根葱了，醒醒吧你，别做春秋大梦了。这话的确很难听，不过平心而论，如果和元代相比，乾隆还略略抬高了读书人的地位，其时的社会排序是"八倡九儒十丐"，这就是后来的"臭老九"的来历。可是，乾隆的"抬举"之辞，却让纪晓岚彻底寒透了心，他算是明白了自己在主子心目中到底有多少分量。"非我族类，其心必异"，你再忠诚，再勤勉，也难被人家视为同道，实际上是个连奴才都不如的"倡优"之类。

拿破仑也有一句名言：行军时要让驴子和学者走在队伍中间。这句话和乾隆的话有异曲同工之妙，如果往好里理解，是他爱护知识分子，让其走在队伍中间会更安全；往坏里理解，学者不过和我的驴子一样，因为有用和有趣，我才养他。跟随他多年一个学者维万·德农就在回忆录里说过，不需要时，拿破仑从来不拿正眼来瞧我们，他只信奉靠剑征服世界，我们不过相当于他随叫随到、可以给他解闷的活字典。

　　从历史经验来看，读书人和那些缺乏民主、平等思想的主子相处，必须做到两条：一是有趣，二是识趣。有趣，就是要充分运用自己的学识来服务主子，取悦主子，让他感到你有层次，有学问，有用处，谈吐风趣，举止不凡，还有点意思。识趣，就是一定要清楚自己的身份，摆正位置，切勿自作多情，错把主子的一两句赏识之言信以为真，该说时说，不该置喙时，千万闭嘴，不要以为人家真把你当成心腹知己了。当年，司马迁就是觉得汉武帝平时对自己不错，把自己当个人才，所以，就有点不知"眉眼高低"，出来仗义执言为李陵辩护，结果遭到奇耻大辱，等到明白这个道理也晚了。识趣还表现在，需要你时你要尽心竭力鞍前马后，不需要你时，赶紧急流勇退，离得远远的，就像范蠡、张良、刘伯温，而不识趣的文种，尽管功高盖世，不是照样被勾践赐死？

　　乾隆的话很"给力"，让纪晓岚很受伤，老纪没一点脾气，可是却气坏了天下的读书人，读书人也没别的本事，只会在笔墨纸砚上做文章，就是报复人也离不开舞文弄墨。乾隆一生写诗4万多首，几乎与全唐诗的总量相等，可是却没有一句流传开来。原因何在？并非乾隆的诗一无可取，全是文字垃圾，据说是后世的读书人一恨乾隆大搞文字狱，二恨他极端歧视文人，视同"倡优"，所以约定俗成，不理、不编、不收、不评乾隆的诗，你不是把读书人视为"倡优"吗，我也可以对你的"大作"敬而远之，就这样小小地报复了一下乾隆，也算是多少为纪晓岚出了口恶气。

116

"四无"皇帝咸丰

平心而论，清朝十二帝里，大都能励精图治，本事也不算小，康熙、雍正、乾隆尤为突出，堪称一代令主，其他也基本过得去。唯有咸丰例外，庸碌无为，尸位素餐，被后人称为"四无"皇帝，即无远见、无胆识、无才能、无作为。

咸丰，名爱新觉罗奕詝，是清朝入关后第七位皇帝，由道光皇帝秘密立储继承皇位的，也是我国皇室私密立储的最后一位皇帝。本来，从基本素质上来说，奕詝是不太适合当皇帝的，他小时得天花，脸上生了麻点，有碍观瞻，练骑马摔伤了腿，是个瘸子，行动不便，身体一向孱弱，非长寿之人。加之性格软弱，胆小怕事，没有主见，才识欠佳，非人君之器。可谁叫人家命好呢，本来接班没他的份，他前边还有三个哥哥，可先后都夭折了，于是四阿哥奕詝就根据立长立嫡的原则，坐上了他并不适合的位置。

当然，历史上比他更无能的皇帝并不罕见，像刘阿斗、晋惠帝、明熹宗等人，但人家大都赶上相对承平时期，好赖倒也能混得过去。咸丰的运气就没那么好了，他登基不久就发生太平天国、捻军起义，继之又有英法联军进攻北京，可谓多灾多难。但他执掌国柄却昏昏然、飘飘然，在重大事件上每每犹豫彷徨，几无决策，致使国家江河日下，人民水深火热。他却终日迷于酒色，荒淫无度，耽于娱乐，无心朝政，江山治理得乱七八糟，自己也掏空了身子，在位十一年，三十一岁即病死在承德避暑山庄。

他也有些小智。登基后，为掩饰腿疾，便下旨改革朝政礼仪程序，在每次退朝后大臣先走，皇帝后走。皇上如此勤政，诸臣十分佩服。但不久便露馅了，一次朝政议事，咸丰非常生气，怒而推开案卷，起身便走。群臣这才发现，皇上原来是个瘸子。

他治国无方，却猎艳有术。咸丰好色，且没有章法，喜欢猎奇，后宫成群美女他玩腻了，就经常悄然离宫，出入青楼，招惹那些荒草野花。咸丰曾迷上京城一雏伶朱莲芬，朱为百花之首，能歌善舞，诗文皆佳，且娇柔妩媚，咸丰三天两头与她约会，赏赐无数。没想到招来一个姓陆的御史的醋意，陆是朱莲芬的老相好，在她身上花钱不少，可朱攀上咸丰后，陆御史就没机会了。陆便以关心咸丰身体为名，上本参奏，直言极谏，引经据典，冠冕堂皇。咸丰览阅陆御史奏章后，大笑曰"陆老爷吃醋矣"，随手在其奏章上批云："如狗啃骨，被人夺去，岂不恨哉！钦此。"

这些还都无大碍，关键是他在军国大计上昏庸无能，酿成大错。对付太平天国起义，他一直不肯重用曾国藩、李鸿章等汉人，致使战局糜烂，不可收拾；英法联军来侵，他却弃城逃跑，丧尽民心，丧权辱国，圆明园毁于一旦；安排后事时，优柔寡断，自相矛盾，结果他刚闭眼就出现了辛酉政变，致使误国殃民的慈禧实际掌握朝纲近半个世纪之久，不仅影响清朝的命运，而且影响整个中华民族的命运。

古今观之，世袭制的最大"优点"，是保证江山牢牢掌握在自家人手里，所以，不管是聋是瞎，是笨是傻，只要身上流着咱家的血液，那就要委以重任；世袭制的最大"缺点"，是经常会推出昏聩无能者来执政，因为可选人太少，子嗣不旺时，也只好瘸子里头拔将军，"四无皇帝"奕詝就是最好例证。

够"笨"的颜鲁公

　　说颜鲁公"笨"，当然不是指他的书法。颜体方严正大，朴拙雄浑，大气磅礴。楷书《多宝塔碑》《麻姑仙坛记》，如"荆卿按剑，樊哙拥盾，金刚嗔目，力士挥拳"。行草书《祭侄文稿》，被称为"天下第二行书"，《争座位帖》（见上图）"有篆籀气，为颜书第一，字相连属，诡异飞动，得于意外"。（米芾《书史》）

　　说他"笨"，就是因为像他那样的高官，居然闹到写《乞米帖》的地步，不得不借米度日。《乞米帖》写在公元765年，正值关中大旱，江南水灾，农业歉收。可是，按理说，粮食再紧张，无论如何也不至于影响到颜真卿家，因为他当时已官拜刑部尚书，知省事，封鲁郡公，按现在级别来套，大约比省部级还要高一点；况且他又是平定安史之乱的大功臣，既有功劳又有苦劳，不说养尊处优，至少能做到衣食无忧吧。可是他偏偏就闹到了"举家食粥来以数月，今又罄竭"的地步，于是不得不向同事李太保求告"惠及少米，实济艰勤"。谈到困窘的原因，他也直言不讳，因为自己"拙于生事"，换言之就是很"笨"，除了俸禄，他不会创收、生利，没有别的生财之道。

官做到颜鲁公那个份上，是很要面子的，可是他居然能拉下面子，向职级比自己低的同事"乞米"，无论如何，这不是件光荣的事，不到万不得已，他是不会开这个口的。其实，像他那样的大官，养家糊口原本可以有很多"办法"，既然别的官员都能活得很好，都能"生事"而自肥，你为何不能呢？身为三朝元老，久经宦海，阅人无数，不是他不知道那些"生事"的办法，加之门生故旧遍于朝野，只要他稍稍动动脑筋，譬如卖官鬻爵，科举营私，收受贿赂，干预诉讼，巧取豪夺，都能大发横财。可是他却不屑于那样干，他有自己的处世原则。他一向廉洁自持，绝不贪枉苟取，宁可"举家食粥"，宁可向同事乞求"惠及少米"，活得光明磊落。

书法界常有字因人贵的说法，不无道理。而在颜真卿这里，却是字因人壮，字因人重，忠贞正直的人格为其瑰丽书法添辉，骨力遒劲的书法为其雄壮人生增彩，做人与写字相得益彰，在颜真卿身上得到了空前圆满的统一。颜真卿的书法成就一直为后代极其尊崇，多少都受到了他的人格感召之故。反之，若论书法，蔡京、秦桧的字都写得很好，堪称"大家"，可是一想起他们干的那些个坏事、丑事，不由得就会"恨屋及乌"。还有一个"书法家"也不能不提，江西省原副省长胡长清，不仅长于书法，一笔颜体，几可乱真，南昌街头挂满他写的牌匾；但他更长于"生事"，任职不到两年，就生出700多万外快，结果东窗事发，被处以极刑。而他遍布南昌商肆的"墨宝"，也几乎一夜之间被铲除得干干净净。正是"尔曹身与名俱灭，不废江河万古流"。

著名艺术家黄裳说："予观鲁公'乞米帖'，知其不以贫贱为愧，故能守道，虽犯难不可屈。刚正之气，发于诚心，与其字体无异也。"（《溪山集》）米芾也评其"最为杰思，想其忠义愤发，顿挫郁屈，意不在字，天真罄露，在于此书"。的确，《乞米帖》不仅是书法艺术中的无价之宝，也是中华民族的精神财富，研读《乞米帖》，可使我们得到双重享受，既领略了颜鲁公书法艺术的真谛，又受到其高风亮节的熏陶。

　　时下，许多官员都喜欢研习书法，也多师从"颜柳"，那么，如果同时也能认真研读颜真卿的《乞米帖》，除了学习他的笔法筋骨，也学学他的"笨"，廉洁自律，执政为民，善莫大焉。当然，以今天的生活条件，不要说省部级，就是科处级，也不会因"笨"而生活困窘，自然也无须再写《乞米帖》，我们需要继承的只是那种精神而已。

张居正的"拙于谋身"

如果没有后来万历皇帝的秋后算账，张居正实在是个有福之人，光儿子就有六个，张敬修、张嗣修、张懋修、张简修、张允修、张静修。而且个个都有出息，长子敬修进士及第授礼部主事、次子嗣修进士及第授翰林院编修、三子懋修状元及第、四子简修承荫为锦衣卫指挥同知、五子允修承荫为尚宝司司丞，惟六子静修年纪尚幼未授职司。

儿子们学历也很高。前三个儿子敬修、嗣修、懋修在他当政时中进士，而且嗣修为榜眼，懋修为状元。有一个马屁精送给张府一副对联写道："上相太师一德辅三朝功光日月；状元榜眼二难登两第学冠天人。"说的就是张家的盛况，张居正欣然将其挂在家中，十分得意。

当张居正万历十年去世时，北京城内流传着一句民谣："张公若不身亡，四官定作探花郎。"因为第二年将逢"春闱"，要不是张居正遽然去世，人们臆测张居正之四子简修也将会在本年度的"春闱"中高中，不是状元 就是榜眼。

张居正自己是个才子，从小就以神童闻名。得到他的基因遗传，几个儿子都很聪明，读书也颇用功，从小接受的是名师的正规教育，就是凭本事硬考，估计也会科举高中。可惜张居正插手太多，干预过频，期望过甚，他的儿子们虽然金榜题名，但物议颇多，不仅影响了张居正的名声，也耽误儿子。张居正一死，万历皇帝翻脸，众多官员一起落井下石，最终不仅毁了儿子的前程，还害了儿子性命。

万历二年，张居正长子敬修参加会试落第。据说是因为海瑞的一封信所致。养病闲居的海瑞，听说首辅张居正长子敬修要参加会试，担心张居正从中做手脚，以促使自己的儿子高中，认为执政大臣必须清正自守，不得因公循私。就给主考大学士吕调阳写了封信说："今年春，公当会试天下，谅公以公道自持，必不以私徇太岳；想太岳亦以公道自守，必不以私干公道也。惟公亮之！"不知这封信起了多大作用，反正敬修落选了。张居正很生气，那年的进士便不馆选，所谓馆选是不定期从进士中间选庶吉士进翰林院培训。庶吉士称为"储相"，那一届的进士受了池鱼之殃，丧失了做"储相"的机会。

三年后，他的仲子嗣修高中榜眼，赐进士及第。这里边还有一个小插曲，明末焦竑《焦氏笔乘》记载：张嗣修于万历五年参加会试，张居正派堂弟张居直约见参加同场考试的江南才子汤显祖和沈懋，因他们早已是小有名气的人物，希望他们能与张嗣修陪读，以就此抬高自己的儿子，并允诺将汤、沈取在前三名。汤显祖拒绝，因此名落孙山；沈懋应允，当了状元。还有一种说法，据明张瀚《松窗梦语·宦游记》记载，副宰相张浦州主持阅卷，初定名次，张嗣修在二甲第一，也就是总第四。按程序，还要呈送皇帝钦定。张居正早已买通了皇帝左右的太监，他让人传信给太监，把送上去的前二名的卷子挪到第三第四，原来的第三第四摆在上面。皇帝照太监捧来的卷子顺序一念，便成了定局。张嗣修由二甲跳到了一甲。一些官员不服，张居正还狡辩说："张浦州是我引荐给皇帝的，为什么小气，不肯把一甲给我儿子呀！"张居正为此向万历皇帝神宗谢恩时，神宗回答得也挺坦率："先生大功，朕答不尽，只看顾先生的子孙。"

再过三年到万历八年，六年前落第的老大敬修和三弟懋修一起参加会试，都成为进士，而且老三是状元。关于这次科举，说法就更多了。说法之一，这次会试，张居正再次找到汤显祖。汤显祖还是不买账，结果再次落第，直到张居正死后才得以及第。说法之二，与汤显祖同时代的沈德符在《万历野获编》卷十四"关节状元"条则记载："今上庚辰科状元张懋修，为首揆江陵公子。人谓乃父手撰策问，因以进呈。"也就是说，廷试试策为张居正所出，张将策题告诉了儿子，使儿子得了状元的功名。父亲出题儿子考，那还能不出彩。

可是，聪明反被聪明误。张居正利用手中专利，为儿子科场舞弊，本希望儿子们飞黄腾达，仕途得意，结果却适得其反，弄巧成拙。万历十年六月，张居正一闭眼，反对派就在皇帝的默许下开始发难，张居正被罗织罪名，满门查抄。抄家时，长子张敬修不堪严刑逼供之重负，自缢身亡；三子张懋修投井自杀未遂，又绝食未果。其他几个儿子也都被罢官、剥夺功名，充军烟瘴边地，贫病交加，最后都死得很惨。

盖棺定论，功高盖世的张居正之所以身后一败涂地，除了他树敌太多，改革峻急，还有一个原因，就是沈德符认为的他私心太重，太为几个儿子打算："濒危悁忿愈甚，恋恋权位，荐人挤人，至死不休，则多男子多后顾累之也。"所以《明史》评价他是"功在社稷，过在身家"。海瑞也说他是"工于谋国，拙于谋身"，可谓一语中的。

于皇后的"不敢当"

　　袁世凯称帝，鸡犬升天，六亲皆荣。按常理，他的大老婆于氏要荣登皇后，可这位于皇后，目不识丁，欠通礼仪，是个上不了台面的人。登基那日，于皇后戴凤冠，穿凤袍，满身珠翠，坐在威严的殿堂上接受朝贺，黎元洪、曹锟、段祺瑞、孙宝琦等人的老婆依次给她行三跪九叩大礼，于皇后一激动就忘了事先教过的规矩，又要还礼，又要下座位去搀扶，还连声说"亲家太太，各位太太，皇后不敢当，不必行礼！不敢当，不敢当"，闹出不少笑话。翌日，"不敢当"一词就传遍北京，连孙中山先生都说过这个笑话。

　　"不敢当"，即表示对他人给予自己的信任、赞许、接待等承当不起，同时也是个谦辞。于皇后的"不敢当"是哪种意思，别人不好猜测，只有她自己知道，不过从她登基前后的表现倒是可以看出一些端倪来。凤袍做成后，她与诸"皇女"兴高采烈地合了影；登基前一夜，因为激动、慌张而失眠；下朝回来对左右大发感慨，今日才知道皇后之尊贵。显然她是很受用的，所谓"不敢当"只是个谦辞罢了。

再退一步说，如果她真的发自内心地认为"皇后不敢当"，并去说服想当皇帝的袁世凯"皇帝不敢当"，说服想当太子爷的袁克定"太子不敢当"，说服那些姨太太们"嫔妃不敢当"，那就完全是另外一个局面了——当然，依她的眼光、襟怀、能力、影响，这也是断无可能的——袁世凯就会被誉为再造共和的"中国的华盛顿"而流芳百世，她也就成了英雄身后的一个优秀女性，就像华盛顿夫人马莎·华盛顿。

　　说到马莎·华盛顿，她与于皇后确有很多相似之处：都是孩子的母亲，夫君都是大权在握的叱咤风云人物，自己也妇因夫贵，地位显赫，身边始终围着一群毕恭毕敬阿谀奉承的人。所不同的是，马莎·华盛顿对此很厌烦，在给外甥女的信中说，作为第一夫人，她并不快乐，"我想我更像一个国家囚犯，我俨然被某些东西所羁绊，使我不得脱身……"对于地位，她曾坦言"许多年轻开朗的女性都对此心生向往"，然而，她"更情愿呆在家里"。而于皇后却对"母仪天下"甘之如饴，十分享受。马莎·华盛顿不支持丈夫成为总统，甚至没有出席他的就职典礼，她一直渴望回到乡间享受田园生活；而于皇后却对袁世凯称帝迫不及待，甚至比袁还心急，还沉不住气。

　　可见，于皇后的"不敢当"不过是言不由衷的谦辞，马莎·华盛顿对第一夫人的"不敢当"则是肺腑之言。君不见，于皇后的凤袍刚一做好，她就急不可耐地试穿、合影，无限陶醉，急于"统领六宫"；马莎·华盛顿因工作需要，虽也无可奈何地梳起了复杂发式，更换新款服装，出息宴会，可她对此毫无兴趣，只是例行公事。袁世凯称帝的日子一定，于皇后就积极参加培训，学习礼仪，准备"闪亮登场"；而华盛顿总统任期一满，马莎·华盛顿就极力劝说他拒绝连任，迅即愉快地回到了自己的庄园。

　　当然，两人的结局也不同。于皇后不仅因登基时的失仪无状受天下耻笑，还与袁世凯一样，做了83天的短命皇后而黯然下台，留下千古骂名，虽然她是配角。马莎·华盛顿则因其朴实无华，品德高尚而世代受人敬仰，她也是美国纸币上唯一出现的女性肖像，被美国史书评价说："在美国历史上，再也找不到象乔治·华盛顿和玛莎·华盛顿这样德高望重的天生一对了。"

面对诱人耀眼的名利虚荣，保持必要的矜持与淡定，能以"不敢当"而拒之——不是谦辞，是需要勇气和睿智的，以这样的高度来要求于皇后，确实有些难为她，毕竟，大千世界，红尘滚滚，"古来名利几人轻？"

范仲淹的"想象力"

慕名来到神往已久的岳阳楼，我登楼远眺，眼界大开，襟怀为之一振。说实话，如果没有范仲淹极具"诱惑力"的《岳阳楼记》，我肯定不会千里迢迢来瞻仰此楼，尽管范仲淹终其一生也没来过此地，却留下了一篇千古美文，我要感谢他的想象力。

楼因文名，是中国文化特有的传统特色。江西南昌的滕王阁，得益于王勃的《滕王阁序》；湖北武汉的黄鹤楼，得益于崔颢的《黄鹤楼》；山西永济的鹳鹊楼，得益于王之涣的《登鹳雀楼》；而岳阳楼的名声大噪，当然要归功于范仲淹的《岳阳楼记》。最为奇特的是，写前三楼的名篇，都是作者亲临现场的由景生情，掩笔成文，而《岳阳楼记》的诞生则完全是范仲淹想象力的结果。

还要感谢滕子京，一是感谢他不为贬谪而萎顿，励精图治，群策群力，带领众人重建了岳阳楼；二是感谢他"楼观非有文字称记者不为久，文字非出于雄才巨卿者不成著"的远见卓识，力邀千里之外的范仲淹为楼作记。如果再退一步说，其实重建岳阳楼算不了什么，只要有足够银

129

子就行，因为岳阳楼在 1700 余年的历史中屡修屡毁又屡毁屡修，有史可查的修葺就有 30 余次。而范仲淹的雄文，那可是千年难求，百世无双，价值无可估量，是中华民族的精神瑰宝。

庆历六年九月十五日，范仲淹坐在河南邓州的百花书院，面对老友滕子京的来信和随信寄来的《洞庭晚秋图》，心情激动，浮想联翩，展开了想象的翅膀。先是想景，"予观夫巴陵胜状，在洞庭一湖。衔远山，吞长江，浩浩汤汤，横无际涯。"阴天时，"霪雨霏霏，连月不开，阴风怒号，浊浪排空；日星隐耀，山岳潜形。"晴天时，"春和景明，波澜不惊，上下天光，一碧万顷；沙鸥翔集，锦鳞游泳；岸芷汀兰，郁郁青青。"再是抒情，"登斯楼也，则有去国怀乡，忧谗畏讥，满目萧然，感极而悲者矣。""登斯楼也，则有心旷神怡，宠辱偕忘，把酒临风，其喜洋洋者矣。继而言志，这是全篇的点睛之笔："不以物喜，不以己悲；居庙堂之高则忧其民；处江湖之远则忧其君。""先天下之忧而忧，后天下之乐而乐"。

想象力，对于一个作家、诗人是非常重要的，没此基本素养，就吃不了写作这碗饭。范仲淹的想象力无疑是出类拔萃的，想象力帮他写出了岳阳楼的地形地貌、自然风光，他写得绘声绘色，我们读来如临其境。然而，更重要的是，范仲淹具有高尚情操、远大理想和清白气节，如此，才能言为心声，有了文章最后一段的高度升华，才能有诸多名句的不胫而走，流传千古。其实，在范仲淹之前，还有很多文人骚客都曾在岳阳楼留下笔墨，李白有"楼观岳阳尽，川回洞庭开"；杜甫有"昔闻洞庭水，今上岳阳楼"等，文不谓不美，词不谓不精，但范仲淹一句"先忧后乐"便把他们都比下去了。差别就在于思想境界，王国维曰：词有境界自成高格。同理，文有境界其势必宏。

仅仅面对一纸图画，范仲淹就能写成传世美文。今天的作家诗人，面对火热生动的现代生活，丰富多彩的千人千态，还有错综复杂的社会矛盾，光怪陆离的红尘万象，也理应写出思想性、艺术性、观赏性皆有的精品力作，为时代而歌，为人民而歌。这需要深入生活，观察社会；需要生花妙笔，苦心孤诣；也需要丰富的想象力，心骛八极，神驰四海。更需要有伟大的襟怀抱负，吞吐天下，心系黎元，而这才是我们和范仲淹的最大差距。如果不在这方面下功夫，品德修养不到家，心性猥琐，情趣低下，即便天天住在岳阳楼里，时时面对洞庭湖，也写不出《岳阳楼记》那种千古雄文。

戚继光的外圆内方

抗倭名将戚继光是个很廉洁的人。他在《练兵实纪》中说："故廉之一字，全是本等份内所该。"他一生为官无数，在大半个中国转，穷地方富地方，他都待过，油水小的油水大的官僚，他都做过，但是，这么多年官做下来，他几乎是净身而退，没为后代留下什么遗产。他告老还乡时，"四提将印，佩玉三十余年，野无成田，束无宿镪，惟集书数千卷而已"。后来，居然穷得连买药治病的钱都没有，其子戚兴国整理父亲书稿时，也因无资费不能付梓，最后还是在父亲生前好友和在任官员的资助下，戚继光的兵书才得以出版传世。

戚继光又是一个善于搞关系、迎合领导的人。他与历任领导关系都很好，如胡宗宪、谭纶、刘应节、梁梦龙，以及执政大臣徐阶、高拱、张居正等人，而要做到这一点，除了自己特别能干外，请客送礼、刻意结交也是少不了的。特别是对权倾朝野的张居正，戚继光下的功夫更大，史载，他曾花千金购美女与壮阳药海狗肾以进，还把珠宝金银等战利品送给张居正，张居正自己也白纸黑字写着戚继光送礼的记录。张居正回乡葬父，戚继光还专门派了一整队鸟铳手作为仪仗，以壮声威。所以，《明史》说戚继光与俞大猷"均为名将，操行不如而果毅过人"。

这就是戚继光的外圆内方。"内方"，是他的内心操守的驱使，是他受的儒家教育的要求，是他的一向精神追求的结果；"外圆"，则是他的处世需求，是他保护自己的手段，也是他为了事业不得不做出的牺牲，是他不得已的苦衷。因为不如此，他就无法在官场上呆下去，就不能获得当权者的支持，就不能实现自己"封侯非我意，但愿海波平"的雄伟志向。所以，从某种程度上来说，戚继光是为事业而牺牲了名节，为事业而屈服了世俗的压力。

戚继光的"外圆"，也确实收到了预想的效果。最支持他抗倭事业也是收他礼最多的，莫过于当朝首辅张居正，可以说，如没有张居正的全力支持，戚继光将会处处被掣肘，事事受刁难，练兵不成，军饷不继，抗倭也就成了一句空话，这其中，除了张居正与他有驱除倭寇的共同理想外，戚继光的那些厚礼肯定也会大起作用。他们的关系好到什么程度，《明史》记，在张居正的关照下，戚家军的粮饷永远是重点保障对象；凡与戚继光捣乱的同事一律调开；张居正的大门始终对戚继光敞开，即使夜再深，也没一个护卫敢阻拦传送书函的戚家军将士。

退一步说，设若戚继光效法当时最大的清官海瑞，内方外也方，嫉恶如仇，眼睛里揉不得沙子，从不请客送礼、四下结交，极端爱惜自己羽毛，那么，历史就可能会多一个洁身自好但几无事功的清官"戚青天"，而少了一个叱咤风云所向无敌的抗倭名将"戚老虎"，这恐怕是每一个炎黄子孙都不想看到的后果。与戚继光同为抗倭名将的俞大猷，就高度理解戚继光的苦衷，虽然他自己不干请客送礼的龌龊之事，却一生为戚继光知己至交，从不鄙夷嫉恨戚继光，因为他明白，无论戚用什么手段来争取上司同僚的支持，目的与他一样，都是为了大明江山与天下苍生。

盖棺论定，戚继光的"外圆"，对他的事业是一个不可或缺的重要保障，但对其名节来说却是个悲剧，他不得不忍受当时清流的物议，也不得不被后来史官扣上"操行不如"的屎盆子，为大局而屈于世风，牺牲名节，想来他也是很纠结、痛苦、无奈的。看来，干事与干净，古往今来永远是一个合格官员的基本要求，但能真正两全其美者不多，海青天清廉如水，政绩却乏善可陈，"戚老虎"功在千秋，却留有操行污点，或许这就是社会的复杂性与人的多面性。因而，对戚继光的评判，务请记住这句古语：不以一眚掩大德。

"逆"出来的赵无极

读法籍华裔著名画家赵无极的传记，回顾其一生，都与"逆"字有关。

他的父亲是个银行家，有钱有地位，很受人尊敬，他的母亲就希望他子继父业，也当个银行家。可他偏偏对与钱打交道没兴趣，任母亲怎么说，就是不学银行，而对绘画极感兴趣，立志要当个画家。母亲气得没办法，只好狠狠地骂他说：你这个逆子！

好在父亲理解他，支持他。1935 年 14 岁时，他考入杭州艺术专科学校学习绘画。当时的杭州艺专人才济济，赵无极的老师是吴大羽和潘天寿，一个精于油画，一个专攻国画，都是当时画界名宿。后来的大画家朱德群比他低一班，吴冠中比他低两班。

他的"逆"劲又上来了。潘天寿老师要他临摹古画，他不喜欢，上课时心不在焉，胡涂乱画，多次被老师批评。后来，他就干脆想方设法逃课，有时请病假不来，有时甚至趁老师不备，从教室的窗子跳出去。潘天寿看重他是个奇才，很有灵气，又气他不肯在古画上用功，万般无奈，多次批他是"逆徒"。

在中国近现代画坛上，黄宾虹是一位非常重要的大师级画家。其黑、密、厚、重的画风、浑厚华滋的笔墨中，蕴涵着深刻的民族文化精神与自然内美的美学取向。但赵无极却不喜欢黄宾虹大师的画，还公开放话说"我就看不上他那一口"，气得老师要开除他，多亏爱才又赏识他的校长林风眠把他"保"了下来。

毕业之后，赵无极在杭州艺专任教，他是学校里最年轻的教师，教的是国画，但却一直不愿意接受传统中国画的观念，认为中国绘画从16世纪起就已经失去了创造力，只会抄袭汉朝和宋朝创立的伟大传统，在重复和临摹间停滞不前，他向往的是西方的绘画艺术。为此他经常和同事争论，被认为是数典忘祖。

去法国留学后，他又对西方的绘画艺术产生了叛逆心理，不想学那种像照相一样细腻的油画，不想画具体的人和具体的景，他要独创一种自己的画风。于是，他一方面借鉴西洋油画的画技，在色彩、构图、透视方面认真研究，另一方面又发扬了中国画讲究意境，注重神似，天人合一、虚静忘我思想，在叛逆和继承中杀出了一条血路，开创了自己的天地。他的作品，从表现性的具象绘画开始，发展成符号化的意象绘画，再进而发展成表现性的抽象绘画，叠印出一个充满生命律动的自然世界，从画中看到变化的广袤自然。这是以东方传统为根基的抽象形态绘画，是中西艺术在精神上的成功交融。

回过头来看，如果不是叛逆母亲之愿，他最多是一个会挣钱的普通银行家，而他成名后随随便便一幅画的画款都比他银行家父亲一辈子挣的还多。如果不是叛逆艺专老师的指教，他不过是一个可以把国画画得不错的熟练画家，最好的证明就是，他当年的同班同学没有一个成为大师级的画家。如果不是叛逆西方传统的油画风格，他的画技永远无法超越那些从小就练习油画的西方画家；而正因为叛逆与创新，他的成就远远把许多法国画家抛在后边，一直在世界画坛引领风骚。

当然，叛逆不是一味地唱反调，颠覆一切传统的东西，逆向思维不是胡思乱想，而是合理地否定与有选择地继承，是不循规蹈矩而又尊重规律，是站在巨人肩上而并不盲目崇拜，赵无极就是这样做的，他成功了。赵无极一生，先后获法国荣誉勋位团第三级勋章、国家勋位团第三级勋章、艺术文学勋位团一级勋章、巴黎市荣誉奖章、日本帝国艺术大奖等。2002 年 12 月，赵无极当选法兰西学院艺术院终身院士。被誉为"欧洲画坛当今最伟大的艺术家"，与美籍华人贝聿铭先生、美籍华人作曲家周文中，共称海外华人"艺术三宝"。

"无极"，信奉道教的祖父给孙子起了这样一个玄妙的名字，赵无极没有辜负祖父厚望，他的艺术宝库就是一个"无边际、无穷尽"的海洋。

江左三大家的尴尬

中国古代文人群体，好以地域命名，如竹林七贤、江夏八俊、金谷二十四友、公安三袁等。明清之交诗人钱谦益、吴伟业、龚鼎孳，籍贯都属旧江左地区，诗名并著，故时人称"江左三大家"。这三位相似之处太多，除了同居江左，均有诗名外，三人年龄相当，同为进士出身，皆与秦淮名妓有染，都有好士之名，皆由明臣仕清，皆入清朝《贰臣录》，也被称为"降臣诗群"。

诗文：各有建树

"江左三大家"皆聪明盖世，极善以屈求伸，左右逢源，笔墨功底颇深，文学成就甚丰，在当时文人中声望很高。较而言之，钱谦益和吴伟业文学成就略高，龚鼎孳次之。

钱谦益，学问渊博，才识兼资，泛览子、史、文籍与佛藏，为东林巨擘，文坛领袖。其诗初学盛唐，后广泛学习唐宋各名家，倡"情真""情至"以反对模拟，倡学问以反对空疏，风格接近晚唐和宋诗，技巧十分成熟。晚年，诗风大变，寄寓沧桑身世之感，哀感顽艳与激楚苍凉合而为一，尤有特色。其文，常把铺陈学问与抒发思想性情糅合起来，纵横曲折，奔放恣肆，合"学人之文"与"文人之文"为一体，规模宏大，振作了明末清初的文风。著有《初学集》《有学集》《投笔集》《苦海集》等。

吴伟业，博学多才，诗文并工，作诗取法盛唐及元、白诸家，早期作品风格绮丽，后期作品则激荡苍凉，多写明清之际时事和民生疾苦。又为娄东诗派开创者。长于七言歌行，初学"长庆体"，后自成新吟，后人称之为"梅村体"。钱谦益极口赞誉吴伟业诗才，曾用"以锦绣为肝肠，以珠玉为咳唾"来形容吴伟业诗歌之风华绮丽。康熙帝也亲制御诗《题〈吴梅村集〉》："梅村一卷足风流，往复搜寻未肯休。秋水精神香雪句，西昆幽思杜陵愁。裁成蜀锦应惭丽，细比春蚕好更抽。寒夜短檠相对处，几多诗兴为君收。"对其评价甚高。

龚鼎孳少年早慧，十二三岁时即能做八股文，亦擅长诗赋古文，进士时年仅十八岁。诗与吴伟业齐名。诗风多受杜甫影响，作诗情感深厚，有苍凉之音，于婉丽中亦多寓兴亡之感，吴梅村说"其恻怛真挚，见之篇什者，百世下读之应为感动"。但其作品远离现实，多为吟风弄月的宴饮应酬之作。早年词作以"艳宗"为风尚，继而"绮忏"，晚年成于"豪放"，以意象绵密、着意锻炼、好用拟人、善于和韵为主要风貌，在清词史上独具特色，是清初词坛的主持者之一。著有《定山堂集》47卷。

艳遇：各有斩获

美女爱才子，历来如此，江左三大家个个才高八斗，学富五车，且家境不俗，所以都艳福不浅，深得美人眷顾，倒也不失为佳话。

柳如是，明末清初名妓，秦淮八艳之一，虽身处脂粉之地，却倜傥自如，工于书法，精于诗词。因其才貌出众，追求者排成长队，不乏王公贵族，翩翩少年，她却偏偏看上了长她40多岁的钱谦益，甚至不惜为妾。嫁过来后，老夫少妻读书论诗相对甚欢，传为一时佳话。后来，钱谦益因黄毓祺反清案被捕入狱，柳如是四处奔走，变卖家产，救出了钱谦益。钱对此感慨万千："恸哭临江无孝子，从行赴难有贤妻"。康熙三年，钱谦益病故，34天后，柳如是自缢身亡，随夫君而去。三百多年后，大学者陈寅恪在晚年双目失明后，写了80万字的《柳如是别传》，对柳氏称赞有加，不吝溢美之词。

顾横波，又一位秦淮八艳，通晓文史，工于诗词，才貌双绝，有"南曲第一"之称。据清余怀《板桥杂记》记载，顾横波"庄妍靓雅，风度超群。鬓发如云，桃花满面；弓弯纤小，腰支轻亚"自然广受风流名士们的青睐，以致眉楼门庭若市，几乎宴无虚日，常得眉楼邀宴者谓"眉楼客"，俨然成为一种风雅的标志，而江南诸多文宴，亦每以顾眉生缺席为憾。她下嫁龚鼎孳后，倒也能守妇道，循纲常，与龚同进退，共患难，厮守几十年，虽无夫人之名，却有夫人之实，夫唱妇和，亦为龚鼎孳的官运亨通出力不小，堪称贤内助。

卞玉京，也是秦淮八艳，这位的运气就没那么好了。她美貌超群，赛诗琴书画无所不能，尤擅小楷，还通文史。她绘画艺技娴熟，落笔如行云，"一落笔尽十余纸"喜画风枝袅娜，尤善画兰。她与才子吴伟业一见钟情，志趣相投，来往密切，感情渐深，众人也有意撮合。可到了关键时刻，吴伟业却退却了。在一次喝酒交谈中，卞玉京酒酣之后趁机问吴："可有意乎？"，吴知道卞想嫁给他，心里很矛盾，又前怕狼，后怕虎，假装不明白对方意思，导致良机坐失。卞玉京长叹一声，此后就再也不提婚嫁之事。虽婚姻不成，但两人都念念不忘，成了红颜知己，也成了一生隐痛。四十年后，年届六十的吴梅村还踏着萧萧落叶，前往无锡拜谒卞玉京墓，献上了他们这一段刻骨铭心的爱情绝唱：《过锦树林玉京道人墓并序》。

失节：各有理由

"江左三大家"的头牌钱谦益，失节的原因是"水太凉了"。清军大举入侵，作为文坛领袖的钱谦益早已轰轰烈烈地公示众人，自己要殉国，一时感动天下，众人仰慕不已。可真到了那一天，他乘船在湖上游弋大半日，就是不肯行动，最后把手往湖水里试了试，说"水太凉了"，就打道回府，殉国成了闹剧。这且不说，他还带头投降清军，带头去清朝做官，被民众嘲笑是"两朝领袖"。就连新主子乾隆也看他不起，写诗讽刺说："平生谈节义，两姓事君王。进退都无据，文章哪有光？"

钱谦益的小兄弟吴伟业，同为"江左三大家"之一，则煞有介事地发表声明："无法殉国，家有老母靠我养活。"自古忠孝不能两全，话都说到这个份上，别人也无法再言。他在清朝只做了 5 年小官，还是被逼的，也不过是秘书院侍讲、国子监祭酒之类，可就这也被《清史列传》列入"贰臣传"，这让他悔恨不已，深感耻辱，晚年以仕清失节为"误尽平生"之憾事。他死后不愿碑上刻有清朝官名，只写"诗人吴梅村之墓"，以示悔意，后人说他"苦被人呼吴祭酒，自题圆石作诗人"，也是有所同情的。

"江左三大家"之三的龚鼎孳，失节原因是"小妾不肯"。他的小妾顾横波是秦淮八艳之一，虽娇宠一点，但家里的大方针还是龚鼎孳定的。明清交替，他说要殉国，顾横波就拿来绳子让他上吊。没曾想龚不但不肯死，反而对人说"我愿欲死，奈小妾不肯何"，气得顾美女花容失色，郁闷多日。其实龚鼎孳失节早有前科，先前就乞降李自成，当大顺朝官员，李自成士兵令降臣们闻臭脚，龚直说不臭，胡子被扯掉不喊疼反满脸陪笑，足见其人格之卑劣；他再次降清变节，也是习惯性动作，时人形容他是"闯来则降闯，满来则降满"，对其鄙夷之极。

悔恨：各有衷曲

三人失节后，多遭朝野诟病，民间骂声一片，朝廷也不重用，视他们为反复无常之徒，于是，便生出悔恨之意，流露于诗文，也见诸于行动。

钱谦益最为失落。他在降清过程中最为积极，曾派弟子们说降了三吴官员，不战而降一二百处，为清王朝立下不小功劳，本以为能高官厚禄，飞黄腾达，结果职务还没有他在明朝时高，且是虚职，仕清后仅任礼部侍郎管秘书院事，继任《明史》馆副总裁。后来，还坐了一年大牢，多亏柳如是营救出狱。因而，他悔恨交加，心生不满，牢骚满腹，在诗文中屡屡可见。他还通过柳如是，变卖家产，暗中资助抗清活动。他的两个学生郑成功、瞿式耜，都是著名抗清将领，钱谦益与他们多有书信往来，颇多出谋划策之语。

吴伟业的降清失节，本就有些勉强，是被动式的，迫于压力，而且他比钱谦益、龚鼎孳更看重名节与后世定评，所以，也更为失节悔恨，更痛心疾首。所以，他一方面和抗清志士暗通款曲，一方面在作品中表达逸民之痛、失节之恨，凄婉动情，苍凉萧瑟，催人泪下。吴伟业总哀叹"唯欠一死"，死前曾说："吾诗虽不足以传远，而是中之寄托良苦，后世读吾诗而知吾心，则吾不死矣。"一是指他的诗歌多影射时事，只是慑于清廷之威不敢直言，所谓"诗史"之义即指此；二是指他以诗歌抒发自己失节之恨，希望后人能通过读他的诗歌而了解他的内心痛苦，并体察他复杂矛盾的心情，进而唤起人们的爱国热情。

三人中，龚鼎孳文学成就最次，但投降得最彻底，在新朝也混得最得意，人不要脸了，那就无所顾忌，无往不胜。他先后曾任升吏科右给事中，复升礼科都给事中，虽然遭过贬谪，却仍能爬到一品高官，以文才敏捷得清世祖"真才子"褒奖，死后且得到"端毅"的美谥，老婆也被封了"一品夫人"。但毕竟"非我族类，其心必异"，在清朝统治者眼里，龚鼎孳不过是一条会写诗又较听话的狗一样，养着他有利于争取汉族知识分子的归顺，所以，不妨扔给他一根骨头啃啃，也时不时踢上一脚。因为士林不齿，同僚轻视，主子猜疑，民众薄之，他的日子并不好过，在诗文中也时时露出悔恨之意，还三天两头在屋里暗自垂泪。

相比较而言，吴伟业的悔恨最为真诚，发自肺腑；钱谦益的悔恨是因为感到吃亏不值，是利益权衡的结果；龚鼎孳的悔恨则颇有撒娇之意，最无价值，所以后人对吴伟业的人品评价要远高于钱、龚，吴赢得的同情也更多。

二十世纪初，梁启超曾提出并为学界普遍认可的"清初六大师"之说，计有傅山、顾炎武、黄宗羲、王夫之、李颙、颜元。若论学问，江左三大家尤其是钱谦益未必不能入选，但论气节，特别是与傅山"尚志高风，介然如石"的刚烈与决绝相比，那就是云泥之别了。毕竟，在人们眼里，学者文人一旦大节有亏，奴颜卖身，便一钱不值，诗文学问就成可忽略不计的雕虫小技了。

"起居注"前见高低

古时虽然皇权至上，且有"为尊者讳"的旧训，但皇帝并不能完全逃脱各种监督和约束。言官诤臣的冒命直谏是其一，"起居注"，则是又一种形式的监督。而皇帝在起居注前的表现各异，固然受其素质、度量、襟怀、智商决定，同时也会对其事业盛衰产生一定影响。

"玄武门兵变"后，李世民终于当上了皇帝，好梦成真。但他知道自己虽然是"正当防卫"，毕竟杀人太多，手段"超常"，至少也是"防卫过当"，于是就很想知道起居注是怎么记载这件事的。当唐太宗看到，史官记录的"玄武门兵变"，含混其词，"语多微隐"，给他留足了面子，但他并不满意，因为他到底是个明君，觉得这样记很不合适，这种捂不住的事情你不记别人也会记，所以就要求史官"削去浮词，直书其事"。就是有一说一，如实录来。（《资治通鉴》第 197 卷）

到了宋代，起居注就没那么大震慑力了，但尚有余威。宋太祖没事偷着乐，在后宫苑里打雀，侍御史张霭称有急事要见。皇上听罢汇报，尽是些稀松平常的事情，很是扫兴，愤而质问为何小题大做，扫了朕的雅兴。张是个直肠子，便实话实说：臣以为这些小事，也比打雀要紧。皇上恼羞成怒，操起柱斧柄敲掉了他两颗门牙。张慢慢俯下身去，捡起落齿揣在怀里。皇上说：你想以此为证，告我的状吗？张吐了一口血水答道：为臣不能状告陛下，但自有史官将此事写进起居注。宋太祖为之悚然，立马转怒为喜，好言抚慰，并赐了一大堆金银财帛。（司马光《涑水纪闻》）。

宋太祖的弟弟宋太宗雅量就要差多了，他大概是干了不少不宜记载的丑事，譬如逼死弟、侄，霸占小周后，"烛光斧影"等，就干脆改了皇帝不干涉起居注的规定，于太平兴国 8 年，命令参知政事记下的起居注必须先送皇帝审阅，皇帝想看就看，想改就改，结果起居注从监督皇帝变成了皇帝监督起居注（张其凡：《宋太宗》）。这下可好，他倒是无所顾忌了，起居注的相对独立性和监督意义也荡然无存。

最可笑的是东晋的桓玄，刚篡位过了三个月皇帝瘾，就被北府兵赶得东奔西逃。让人意想不到的是，狼狈不堪的逃亡路上，这位"百日皇帝"想的不是如何渡过难关，东山再起，反而将注意力集中在起居注上。《晋书》卷 99 记，他看了史官记的起居注很不满意，干脆自己动手写了起来。在起居注里大谈自己如何抗击叛军的英明决策，自称"经略指授，算无遗策"，只因手下将领不听调度，才导致失败，此"非战之罪"。他还将他的起居注"宣示远近"。可没几天就兵败身亡，他自书的起居注也成了历史笑谈。

不知是否巧合，四个皇帝在起居注面前四种态度，恰好与他们事业的大小成正比，这大概也能说明监督的重要性：李世民鼓励直言，有啥说啥，建立了贞观盛世；赵匡胤知错就改，亡羊补牢，统一了中国；赵光义气短心虚，文过饰非，最多也就是一个守成君王；桓玄为所欲为，信笔涂抹，仅做了一个"百日皇帝"。当然，平心而论，起居注这种以"警戒人君"为目的的东西，尽管对皇帝多少有点监督作用，使其有所忌惮，不敢胡作非为，不过也就是对那些明君令主有用；如果碰上桀纣之君，无法无天，倒行逆施，史官不敢如实记录，皇帝也不当回事，起居注就如同废纸，纵有太史简、董狐笔，也只能徒唤奈何。

秀才醉了

南宋淳熙十一年的某日，呆在老家闲居的陈亮先生，发了次严重"超标"的酒疯。与几个狐朋狗友扮演皇帝上朝，陪酒女权充皇妃，万岁、爱卿地乱叫一气，大笑而散。此事被人告发，一干人等立刻被抓入大牢。刑部判决，陈亮死罪。案件呈到皇帝面前，宋孝宗只是轻描淡写地说一句："秀才醉了，胡说乱道，何罪之有？"陈亮有此好运，要感谢宋孝宗的宽容和睿智，当然，最主要的是在宋孝宗眼里，他不过是一个无职无权的书生，怎么蹦达也跳不到天上去，头脑清醒点的主子，也懒得和他计较。

其实，如果按宋孝宗的胸怀雅量和量刑标准，历史上很有几个文化名人是完全可以不杀的，杀了留下杀人者万古恶名，不杀则可能是千秋美谈。可惜，那些当政者都没有宋孝宗的情商和智商，一味地意气用事，脑子一热，就杀、绞、腰斩、灭族，结果是给那些被杀的文人扬了名，自己却被钉在历史的耻辱柱上。

纣王本来是可以不杀比干的，他也知道，比干是个忠臣，满腹经纶，学富五车，还是自己叔父。如果，他实在不耐烦比干的一再劝谏，为了耳根清净，那就不妨对左右说：老头醉了，胡说乱道，把他拉出去醒酒！这样，大家都有面子，都下了台阶。当然，这仍挡不住纣王最后灭亡的命运，至少还可以留下一个历史亮点。

曹操杀孔融也是明显败招。孔融为人恃才负气，爱发议论，讥讽朝政，但说到底不过是一个手无缚鸡之力的文人，你曹孟德雄才大略，统一天下要紧，和一个落魄文人较什么劲？听到他反对恢复肉刑、反对禁酒、反对征乌桓等议论，愿听就听两句，不愿听就轰他走：孔北海醉了，胡说乱道，赶出宫门！果如此，曹操获爱才美名，孔融得以保全性命，实现双赢，这该有多好。

嵇康就更不该杀了。身为竹林七贤的精神领袖，他的罪名，不过是不喜为官，不为当局所用，得罪权贵钟会，被人诬陷，平时还爱发一些不合时宜的议论，司马昭倘若能网开一面，赦免嵇康：叔夜醉了，胡说乱道，文人无行，不足为训！那是能给名声不佳的司马昭挣分不少呢，遗憾的是，司马昭毕竟是一介武夫，全无怜才容人之意，不仅杀了魏晋时代最有魅力的名士，而且使《广陵散》成为历史绝响。

宋太宗杀李煜最没有道理。李煜"生于深宫之中，长于妇人之手"，本就是个窝囊君王，当了阶下囚后，每日不过填填词，喝喝酒，以泪洗面，就这样，赵光义还不放心，毒杀了李煜。退一步说，倘若宋太宗听到"故国不堪回首月明中""一江春水向东流"等怀旧词，只是豁达一笑：后主醉了，胡说乱道，任他去吧！那样的话，太宗博了宽容美名，后主又有机会奉献更多绝妙词章，岂不美哉！

比较起来，明成祖杀方孝孺是最不得人心的。他的天下来得本不那么光明正大，心虚着呢，那就更要邀买人心，特别是方孝孺那种一流文化名人。朱棣如果聪明一点，有点涵养，就应该假装糊涂，你方孝孺不写诏书，我就换个人写，你方孝孺说我来路不正，我就装聋作哑，有意放你一马：正学先生醉了，胡说乱道，回去休息吧！你想殉难而死，我偏偏不成全你，而且，少杀了一个方孝孺，争取了一大批文化人，自己的历史定评也要好得多，至少不是那么血淋淋的。

平心而论，有宋一代，国力积弱，乏善可陈，宋孝宗也不是一个多有作为的皇帝，也没多少政绩可以炫耀，但他不杀犯禁的文化人，对文化名人陈亮的宽容厚道，一直为人所津津乐道，也使得天下的文化人为之折服，什么时候想起来心里都是暖洋洋的。

左宗棠的脾气

官升脾气长，是古今中外官场的一般规律，不管他是叫老爷还是叫公仆。原本挺和气的一个人，一当官就立刻变得牛气哄哄，颐指气使，而且官越大脾气也越大，让人避而远之。可也有例外，譬如清人左宗棠，他就是反其道而行之，不当官时脾气挺大，官越大脾气越小。

左宗棠有句名言："穷困潦倒之时，不被人欺；飞黄腾达之日，不被人嫉。"为了不被人欺，他在湖南巡抚骆秉章处当幕僚时，最多算是个"准官"，无品无级，脾气却极大，动辄与人争吵叫骂，常为小事而大动肝火。因为此时，他学历既低，只弄了个进士，出身尤"贱"，系农家子弟，因而对任何不恭的话语、轻视的态度都敏感得很，一旦遇到，必全力反击不可。最典型一例，就是痛骂湖南永州镇总兵樊燮。樊燮自恃正二品的总兵，没有给师爷左宗棠请安，左宗棠勃然大怒："樊燮！你进门不向我请安，出门不向我告辞，太猖狂了！湖南武官，无论大小，见我都要请安！"樊燮当然不吃这一套："樊某乃朝廷任命的正二品总兵，岂有向你一个师爷请安的道理！"左宗棠气得环眼暴凸，燕颔僵硬，发出

150

一声雷鸣："王八蛋，滚出去！"事情最后都闹到皇帝哪里去了，樊燮的小舅子、湖北巡抚官文告了左宗棠一状，咸丰帝在奏章上批道："湖南为劣幕把持，可恼可恨，着细加查明，若果有不法情事，就地正法！"眼见得左宗棠性命不保，幸得好友胡林翼、郭嵩焘等人的仗义执言，潘祖荫、肃顺等大臣的披沥上陈，才使一场轩然大波得以平息。

而当他后来当上巡抚、总督、大学士，封了侯，官越升越大几近极品时，脾气却越来越小。对下属和颜悦色，对同僚恭敬有礼，对上司尊敬有加，熟悉的人都说他像换了个人一样。其实，江山好改，禀性难移，他骨子里的脾气秉性还是那样，只不过不轻易发作罢了。一是怕过于张扬而遭人嫉恨，一个出身低微的汉人升那么大的官，朝野上下盯着他找毛病的人太多了；二是自身修养功夫长了，胸襟度量开阔了，不会再为一些鸡毛蒜皮小事发脾气。而一旦遇到军国大事，事涉民族利益，该争时则仍当仁不让，还是火爆脾气，还是咄咄逼人。为收复新疆他曾与李鸿章大闹殿堂，据理力争，终占上风；为天津教案他不惜开罪老友曾国藩，骂了个狗血淋头，两人交情彻底破裂。但这两次大发脾气，恰恰为他增分不少，成了他后半生的重大亮点。尤其是他力主并亲自带兵收复新疆一役，抬棺行军，一路种树，全歼闹独立的阿古柏匪徒，使他成为中华民族历史上对领土完整贡献最大的将领。

人当官时有脾气，官越升脾气越大，这是世间常态，不足为奇，不用学就无师自通，左右看看，这号人比比皆是。而人当官时没脾气，官越大脾气越小，那就叫"一反常态"，殊为难得。这种人一般可分两类，一是本身就性格孱弱，温文尔雅，处世低调，不喜张扬；一是雄才大略，善于韬晦，轻易不动声色，却不怒而威，左宗棠显然是后一种。

第五辑　秋月春风

说机趣

清人李渔在《闲情偶寄·词曲上·词采》中说："机趣二字，填词家必不可少。机者，传奇之精神；趣者，传奇之风致。少此二物，则如泥人土马，有生形而无生气。"无疑，他是很看重机趣的。不过，最早提出机趣一词的，是明人陈汝元，他在《金莲记·构衅》里写道："太极图中生意好，鸢鱼机趣滔滔，渊源夙仰泰山高。"李贽、袁宏道等人对机趣也颇有建设性议论，均有独到之处。

然而，我查遍手头近年来出版的《辞海》《辞源》《汉语词典》等一堆辞书，居然没有一个解释机趣的条目，可见，在很长的一段时间里，甚至在今天，我们对机趣是极不重视的。不重视的最直接结果，就是我们浩如烟海的文学作品里，有道学气者多，八股文章类多，有机趣的文章太少，读来多如同嚼蜡，索然无味，盖因其"有生形而无生气"。

所谓机趣，依我管见，又可称"天趣"，是学起来很难、装起来不像的天然的、"绿色"的风趣。用在文学写作上，是一种涉笔成趣的谐趣。机趣作为一种艺术存在，具体表现为特定的审美趣味，包括特定的情趣、

154

理趣、自在之趣或急智之趣等多种形态，其表达方式则有比喻、象征、议论、描写、抒情或即兴等多样方式。

机趣，有点禅的顿悟味道，有点道家的恬淡气息，还有点酒至微醺的些许兴奋，有点品完佳茗后腋下习习生风的痛快淋漓。机趣之"机"侧重指机锋，随机，不是故意为之，而是信手拈来，恰到好处，有触即发，"如万斛泉涌，不择地而出"；"趣"指谐趣、雅趣、理趣，有文采而不卖弄，诙谐幽默而不油滑，厚重而不呆板。

且不说古人，鲁迅的杂文，周作人的散文，梁启超的政论文，梁实秋的随笔，无不机趣盎然，挥洒自如，读来令人神往，这首先就得益于他们都是下过苦工夫的学问大家，兼又天赋过人，学贯中西。钱钟书的小说《围城》，沈从文的小说《边城》，老舍的小说《断魂枪》，汪曾祺的小说《受戒》《大淖记事》等，机趣横生，妙语连珠，有不少神来之笔。特别是钱钟书的一些妙喻，形象生动，典雅机智，入木三分，又令人忍俊不禁。而汪曾祺，由于其充满机趣、独具一格的写作，被誉为"抒情的人道主义者，中国最后一个纯粹的文人，中国最后一个士大夫。"

此外，李敖的杂文，余光中的诗歌，贾平凹的散文、北岛的诗歌，金庸的武侠小说，也都不乏机趣，美轮美奂。读其作品，语言时有创新，亮点佳构频出，情节常出人意外，又令人拍案叫绝。可惜这种作品太少了，纵观眼下书市，虽汗牛充栋，堆积如山，但富有机趣让人爱不释手的好书，却大有断档之虞。也无怪乎如今读书的人越来越少，写得不好看嘛。

按李渔的说法，看一个人有无机趣，可有两个判断标准："说话不迂腐，十句之中，定有一二句超脱；行文不板实，一篇之内，但有一二段空灵。"李渔还认为，机趣这种东西，也是"性中带来"，靠后天努力，不是不行，但肯定很困难，效果也不好。所以，"强而后能者，毕竟是半路出家，止可冒斋饭吃，不能成佛作祖也。"（引文同上）这话说得有些绝对，其实，就像诗歌中的苦吟派一样，虽才情不济，通过反复推敲，雕琢练字，也能出佳篇名句，就像孟郊、贾岛。机趣也是如此，苦心孤诣地学习，有意识地训练，不断地积累，从模仿开始到运用纯熟不露痕迹，或许我们永远不能达到那些大家的境界，但学得一鳞半爪，使自己的作品多一点机趣，增加一些可读性，还是大有希望的。

留些东西莫看透

这世上有些东西，最好别看透，留几分神秘，留一点朦胧，留一丝悬念，可能会更有意思些。

魔术，如果让观众看透了手法，知道了诀窍，这门艺术也就寿终正寝了；变脸，正因为迄今为止大伙都没有看透其技术真相，才能屡演屡新，大受欢迎，成为国粹。

交朋友，各有目的，或为友谊，志同道合；或为利益，互相利用；或为酒肉，吃喝为乐，都能好得兄弟一般。但如果以鹰隼般犀利的眼神，看透每一个朋友的交友动机，你可能就成了孤家寡人，因为"人至察则无徒"。毕竟，管鲍之交，少如凤毛麟角；琴台知音，更是旷古罕见。怪不得胡适有言："做学问要在无疑处有疑，交朋友要在有疑处不疑。"当然，也不能糊涂到朋友把你卖了，你还替他数钱。

谈情说爱，"问世间情为何物，教人生死相许。"这种人真有，但不多，也就是梁祝、宝黛、焦仲卿与刘兰芝三几人。现实生活中，两人能走到一起，肯定各有所图，你图的是我青春貌美，我图的是你才高八斗；

你图的是我娇艳可人，我图的是你家财万贯；你图的是我温柔贤惠，我图的是你收入稳定，还有其他种种。这些情恋的内在元素，因合理而存在，既不要看透，更不能说透，否则就很没有意思，还是朦胧一些为好。而且，谁说爱钱不能与爱人化为一体，谁能把爱才与爱人撕撸得清清楚楚，纯而又纯的爱情上哪里找去？

建功立业于战场，如若彻底看透了，不过是杀来杀去，你抢我夺，成王败寇，一将功成万骨枯，"是非成败转头空"。果如此看法，那就没有了我们对"不教胡马度阴山"的飞将军的万世景仰；没有了我们对"封侯非我愿，但愿海波平"的戚继光的千秋缅怀；更没有"至今思项羽"的思古之幽情，剩下的大概就只有"可怜白发生"的喟叹。这历史也就变得太乏味，太枯燥，太无趣了。

科学研究够神圣了吧，探索自然秘密，造福人类社会。可要是真看透了，无非是整天窝在实验室里和一堆瓶瓶罐罐打交道，试验来试验去，弄几个数据，凑两篇论文，得个把小奖。达尔文忙活一辈子，不过就是发现了人是猴变的；都说牛顿伟大，也无非是弄明白苹果为什么会从树上掉下来的道理，无聊得很嘛！好在科学家们都是没看透的人，痴迷不悟，坚持不懈，苦心孤诣，殚精竭虑，一条路走到黑，才有了今天的科学昌明，经济繁荣，社会进步，亿万生灵享受着科学研究的成果。

推而广之，如果看透了，演艺事业不过是一帮狂癫男女在装疯卖傻，神经兮兮，弱智得很，还自以为得意；编辑事业，说到底是为人作嫁衣裳，白搭工夫瞎操心，就这一句话，不知会让多少热血编辑心凉半截；作家，人类灵魂的工程师，够让人羡慕了吧，看透了，不过是在编瞎话、码汉字罢了。俺村西头的冯瞎子也极会编瞎话，无师自通，一套一套的，他要是入了作协，不当主席也是副主席。

父母子女亲情，是人最珍贵的感情。倘若看透了，不过是人类繁衍所必需的一种高级条件反射，并未超越动物性，就像凶猛的鳄鱼，又是慈爱的妈妈，残忍的豺狼，对子女却关爱有加。孔融看得更"透"，他说子女是父母寻欢作爱的结果，不孝也无罪。连这样大逆不道的话都能说出口，曹操杀他也不亏。当然，阿瞒惦记他那颗脑袋也不是一天两天了，但以这个理由砍头最合适。

人生在世，当有慧眼，看透敌人的本质，不当东郭先生；看透小人的嘴脸，不与其为伍；看透骗子的谎言，不上当受骗；看透别有用心者的挑拨离间，不被人当枪使；看透行贿者的糖衣炮弹，不信他的花言巧语。但也不必把所有的人和事都看透，譬如亲情、爱情、事业、友谊等等。一个什么都看不透的人，是糊涂虫，颟顸透顶，无药可医；而那些精明到了骨子里的人，那些什么都看透的人，活得既累，又没情趣，是不可交之人。

幸亏有极限

一条缅甸巨蟒吞食了一条大黄羊，结果被活活撑死了，因为它高估了自己肚子的极限。

一只雪豹冻死在乞力马扎罗雪山上，它虽然以不怕冷著称，但如果超出自己御寒的极限，照样要受到严寒的惩罚。

草原獭鼠繁殖力惊人，但它们却会给自己自觉设限，水草丰美的年头就多生，遇到天旱草枯就少生，以使自己的种群不饿肚子。

动物如此，人亦如此，天下万事万物都有极限，兴衰生死有极限，发展生长有极限。如果没有极限，世界就会陷入无序混乱，变成一团糟，所以我们应该由衷地感谢极限。央视有一栏节目叫《挑战极限》，如果极限真的能挑战，那就是伪极限、假极限。"挑战极限"当做一句鼓励挖掘潜能的话，尚有几分道理；要是信以为真并实践起来，硬与极限较劲，那就愚不可及了。

感谢人的生命有极限。从古至今，虽然人人都想长生不老，寿比南山，但倘若人生真的变成无限，人人都万寿无疆，那整个地球上的所有陆地都密密麻麻站着人也容不下，因为有可靠数据说，迄今为止，地球上曾生活过三四百亿人。

感谢人的能力有限。如果人无所不能，精力无限，能力无限，就依照今天人们"战胜自然"的那股疯狂劲，不仅地球会被糟蹋得惨不忍睹，就是周围的星球恐怕也难于幸免。譬如说，如今人们的钻探能力只有万米左右，如果没有了钻探的极限，想钻多深就能钻多深，那地球上怕是早就满目疮痍，钻出无数个大洞了。

感谢人的食物链有限。如果人们的口腹之欲没有极限，"天上飞的除了飞机，海里游的除了轮船，带毛的除了刷子，四条腿的除了板凳"，什么都吃，不停地吃，那么地球上恐怕连一片树叶，一根小草，一只动物都难以剩下。最后的结局就是"白茫茫一片大地真干净"。

有些极限是大自然赋予的，细胞的衰变规律就决定了生命的长度极限，地球引力和空气阻力就决定了飞行器的速度极限，物质资源的多少就决定了承载人口的数量极限。而有些极限则是人为制定的，因为人们从自然的极限中看到了科学，看到了规律，也看到好处。

感谢生产厂家给汽车、摩托、电动车设置了速度极限，感谢交通部门规定了车辆行驶速度极限。否则，人人风驰电掣，个个疯狂驾驶，交通事故将会成百上千倍地增加，马路将会变成人类的最大屠宰场。

感谢国家制定的退休制度。如果不设个退休年龄极限，或60岁退休，或55岁退居二线，大家都可以"革命到底"，活到老干到老，一息尚存就不让位。那么，放眼望去，工作岗位上全是一群群白发苍苍、颤颤巍巍的老寿星，而无数风华正茂的年轻人却就业无门，四处游逛，天下大乱就是肯定的。

还要感谢限制人口的生育政策，不管有什么争议，30年来国人少生4亿人就是对面临人口爆炸危险的人类的最大贡献。还要感谢股市的涨停板和跌停板，如果没有这一设限，固然会有人平添一朝暴富的狂喜，肯定也少不了有人破产跳楼的悲剧。

感谢极限。有了极限概念，人们才知道什么事能干，什么事不能干；有了极限概念，人们才明白事情要干到什么程度为好，不做无谓的牺牲；有了极限概念，人们才会与大自然和谐相处，而不会空喊"人定胜天"的呓语；有了极限概念，人们就不会再闹出"人有多大胆，地有多大产"的荒唐笑话；有了极限概念，人们才会自觉束缚贪欲、色欲、官欲、权欲，适可而止，见好就收；有了极限概念，人们才能科学而自然地活着，理性而适度地活着，"生如春花般绚烂，死如秋叶般寂静。"

生活的辩证法

当老师多年，阅人无数，我不经意间注意到一个现象，那些其貌不扬的学生，大多字都写得很漂亮，文章也写得颇有文采；反之，那些帅哥、靓女类学生，字多半丑陋不堪，文则不堪卒读。想想也有道理，丑人写漂亮文章，人家会夸是内秀，既然父母没把自己生漂亮，如果写字行文再不漂亮，那就真丑到家了。而俊人出丑陋文字，蹩脚文章，那就是所谓金玉其外败絮其中。

一个人在外边被人瞧不起，处处受气，如果回到家里还"打内战"，夫妻反目，姑嫂斗气，那就好比雪上加霜，日子就真得没法过了。所以，越是在外边混的不顺的人，就越应该着力营造一个温馨的家，越是渴望妻子递上的一杯热茶，看看孩子可爱的笑脸。不夸张地说，家庭的亲情和天伦之乐足以抵消外边遭受的一切屈辱。那么你首先在进门时，就应该像换拖鞋一样，把一切怨气戾气都扔在门外。

门第是无法选择的，爹娘是前世注定的。如果这辈子身世不显，被人小瞧，千万别自惭形秽，与其为自己的出生贫寒而自卑，不如发愤图强，卧薪尝胆，努力打拼他几十年，干一番大事业，自己打江山，也挣他个王侯将相，让门楣从我这里光耀，让后世子孙为我骄傲。这可比坐在爷娘的大树下坐吃山空、做衙内、当"二世祖"强多了。

倘若不幸残疾，也别泄气自馁，造物主让咱吃了亏，也一定会给咱补偿。盲人的听觉就特别好，一根针掉地上都能听见；耳朵失聪的人眼睛特别亮，有的聋哑人甚至能看懂别人的简单说话；腿有残疾的人往往心灵手巧，有不少都会修表修电器；而下肢肌肉萎缩的人，一般上肢肌肉就非常发达。这就是因为，某一器官出现缺陷后，就会在身体的其他器官上进行相应补偿。张海迪、邰丽华都是残疾人，可人家身残志坚，那成就即是健全人赶上的也不多。

动物也是如此，蛇的视力很差，嗅觉却极灵敏，因而照样独步天下；蝙蝠基本是瞎子，却靠着特有的"雷达"捕食生活，是这个星球上最古老的物种；刺猬几乎没有任何进攻能力，却生出一身刺来保护自己，也活得挺滋润；蜘蛛虽行动迟缓，却能织网捕虫，小日子过得不赖。

篮球，是巨人的运动，长人如林，但也有身高不过五尺的小个子在篮球场上纵横驰骋，他们既然在身高上吃亏，那就千方百计在球技上找回来。所以，篮球场上，最爽心悦目的，往往是那些快若闪电，弹跳惊人，球艺娴熟，神出鬼没的小个球星。像一米八的艾佛森，居然是美国NBA连续几届的得分王，而2009年的扣篮王更矮，只有一米七多一点。

人生在世，可以钱包空，但不可以脑袋空，钱包空可以想办法去挣钱，脑袋空就无法救药了，而且，一个脑袋不空的人，钱包也不会空太久。当年，23岁的左宗棠结婚时就在新房自写对联："身无半亩，心忧天下；读破万卷，神交古人。"他那时钱包的确很空，但博览群书，满腹经纶，脑袋装满了学问，机会一到，就一飞冲天，出将入相，当上封疆大吏，那钱包里的钱估计几辈子都花不完。

遭受挫折不怕，怕的是被挫折击倒，只要还能站起来，就应坚信天无绝人之路，总会给你补偿。司马迁惨遭宫刑，但经过毕生努力，补偿给自己的是"无韵之《离骚》，史家之绝唱"；李白屡被官场排斥，引为憾事，补偿给他的是"斗酒诗百篇"的文胆诗才；沈从文中年后无法"从文"，郁不得志，补偿给他的是中国历代服饰的权威专著和泰斗头衔；周信芳年轻时"倒仓"失声，众人断言他无法再唱，他却另辟蹊径，创出了苍凉沉郁的周派唱腔。

人不可无癖

癖，《辞海》释为：积久成痼的特殊嗜好。

文人骚客历来对癖好都情有独钟，且评价颇高。开创明公安派"性灵"一路文学风格的袁宏道说："余观世上语言无味面目可憎之人，皆无癖之人耳。"（袁宏道《瓶史·好事》）著有《夜航船》,《陶庵梦忆》的文学家张岱，更为夸张："人无癖不可与交，以其无深情也。"（张岱《陶庵梦忆》卷四）当代学者陈传席则另有高见："癖者，大抵爱一物而不能自已；为得一物而至倾家荡产；为护一物，乃至投之以生命。爱物尚如此，况爱人乎？爱人尚如此，况爱国乎？待物尚如此，况待友乎？然其能如此者，皆因深情所致也。"（陈传席《中国紫砂艺术》）

当然，他们说的癖，都是雅癖，美癖，可令人津津乐道，可使人念念不忘。白居易诗云："人皆有一癖，我癖在书章。"这一癖还不出格，算是文人本性。"王子猷呼竹为君，米元章拜石为丈"，林和靖梅妻鹤子，朱彝尊嗜书如命，皆是因癖而成千古美谈；又如嵇叔夜之爱琴，王右军之喜鹅，陶渊明之赏菊，周敦颐之爱莲，皆有所寄托而癖好者也。

近人渐"务实",少飘逸高蹈之士,利欲之心日旺,特殊癖好也日减。梁启超癖好打牌,他有名言"唯有打牌能让我忘记读书,唯有读书能让我忘记打牌",对此癖好他另有高论解释:"凡人必常常生活于趣味之中,生活才有价值。"(梁启超《饮冰室合集》)说也是,如果不让梁任公打牌,他这一辈子一定会过得寡淡无味,了无生趣,政论大概也难有那么多神来之笔。

民国四大公子之一的张伯驹,癖好收藏字画,如果被他看中了一幅字画,无论花多少钱,搭多大工夫,他都要想方设法弄到手。自云:"予生逢离乱,恨少读书,三十以后嗜书画成癖,见名迹巨制虽节用举债犹事收蓄,人或有訾笑焉,不悔。"最难得的是,他花重金甚至冒着生命危险收集来的珍贵字画,最后全部捐给了国家,像中国传世最古墨迹西晋陆机《平复帖》,传世最古画迹隋展子虔《游春图》等,都是无价之宝。对张先生的义举,我们只能用四个字来形容:高山仰止。

闻一多癖好饮酒,但并不贪杯误事,还多能助兴提神。他常在课堂上对学生说:"痛饮酒,熟读《离骚》,便可称名士。"如果哪一堂课他讲得格外神采飞扬,妙语迭出,引经据典,口若悬河,学生大呼过瘾之余,也会窃窃私语,会心一笑:先生今天酒喝到位了。

邓小平之癖好桥牌,也是有名的。他的牌技高,战术精,视野宽,非一般牌友可比,即便与专业牌手同台较量,也不落下风。特别是他退休后,主要任务就两项:一是打桥牌,二是游泳。90岁高龄时他说,能打桥牌,说明我的脑子还行,能下海游泳,说明我的身体不错。

当然,世间也有些癖好,还是远离为佳。譬如娈童癖,露阴癖,窥视癖,恋物癖,都属形而下之类,或心理变态,或龌龊不堪,均不正常,可叫臭癖、恶癖,令人生厌,千万不要沾染。耽误正事的癖好,自然也不在提倡之列,譬如癖好木工活,对国事不管不问的明熹宗,斧锯之声沉寂不久,努尔哈赤的铁骑就踏进了山海关。

清人张潮，多有妙语传世，无不脍炙人口，他说："花不可以无蝶，山不可以无泉，石不可以无苔，水不可以无藻，乔木不可以无藤萝，人不可以无癖。"工作谋生之余，书、画、琴、棋、诗文、垂钓、打球、旅游、收藏、上网、集邮、花草等，诸种癖好你总得喜欢一样，这既是对人生的丰富，也是对性情的陶冶，精神的寄托，可以忘我，可以自娱，乐在其中。

失败的层次

人生在世，无不渴望成功，但成功似乎喜欢和我们藏猫猫，千呼万唤不出来，主动找上门的总是以失败为多。成功，固然有大小高低的层次之分，失败，同样也是分不同层次的。有的失败，一败涂地，万劫不复；有的失败，不过小挫，尚可卷土重来；有的失败，是胜败乃兵家常事的失败；有的失败，一次就永无翻身之日。

偶有小挫，是失败的第一层次。两军对垒，阵前较量，或偶尔失手，或实力稍逊，一时败下阵来，都不足为奇，养精蓄锐，改日再战，或许就会占了上风。如果在这一层次落败，完全不必在意，三十年河东三十年河西，稍许坚持，调整好状态，就能见到成功的曙光。反之，倘若连这一点失败都经受不起，那就趁早不要出来混了，还是回家抱孩子去吧。

寻常败绩，是失败的第二层次。孙中山为推翻满清政府，屡次起义，屡次失败，多达十几次。爱迪生试验灯泡里的灯丝，共用了 6000 种不同材料，最后才获得成功，这也就是说，他失败了 5999 次。这种失败，是对毅力与意志的考验，也是成功前的必要练兵，只要顶住了，咬紧牙关，就不难收获成功的果实。怕就怕成为习惯性失败，不思进取，还自得其乐，就像一直在失败阴影里徘徊却永远感觉良好的中国男足。

　　遭受重挫，是失败的第三层次。这种失败，伤筋动骨，损失惨痛，对人的信心、信念都是沉重打击，意志薄弱者，往往会一蹶不振，但意志坚强者，仍能自我疗伤，走出失败阴影，屡战屡败，屡败屡战。拿破仑第一次兵败，虽然是重挫，但没有挡住他后来的重整旗鼓，卷土重来。司马迁受宫刑，也是遭受重挫，简直是奇耻大辱，令其痛不欲生，"肠一日而九回"，可他忍辱负重，坚忍不拔，终于实现了他的夙愿，完成了他的大业，写成"无韵之《离骚》，史家之绝唱"。

　　一败涂地，是失败的第四层次。咸丰四年四月初二日，曾国藩亲率湘军首次出师，进攻驻扎于靖港的太平军。曾国藩对这一战寄予极大希望，以为自己费尽心血打造出的这支劲旅肯定会旗开得胜，不料却是大败而归。曾国藩沮丧羞愤之下，投水自尽，幸被部下救起。这才有了后来的屡败屡战，建不世之功，封一等毅勇侯。曹操赤壁大败，也是一败涂地，望风而逃，幸亏关羽念旧，华容道上放他一马。这一败虽伤了曹魏元气，八十万大军折了大半，但毕竟实力雄厚，修养生息几年，最后还是灭了蜀、吴。向使当初曹孟德也学楚霸王，羞于见江东父老，一头跳进长江，哪还有后来的一统大业？所以，即便一败涂地时也别灰心丧气，以为天就要塌下来了，只要心不死，志不灭，有一线生机也不放弃，从头干起，"天不灭曹"的厚爱，说不定也会落到你的身上。

　　全军覆没，是失败的第五层次。赵括的长平之败，勾践的会稽之败，项羽的垓下之败，石达开的大渡河之败，北洋水师的甲午之败，拿破仑的滑铁卢之败，就是如此，基本上是盖棺论定，大势已去，没有东山再起的可能。您要是也失败到这个份上，我也就不再给您打气了，就请您节哀顺变吧。不过也有例外，就说勾践吧，当初不仅败得军士片甲不留，自己也被迫以俘虏身份去伺候吴王夫差。都以为他是彻底死定了，而且会死得很难看，可万没想到居然咸鱼翻身，他卧薪尝胆 20 年，报仇成功，创造了由惨败而大胜的战争奇迹。境由心造，事在人为，大败面前能否同样创造奇迹，就看你我是不是勾践那块料，身边有没有范蠡、文种那样的帮手了。

奥特曼在银行下象棋

网上有个小段子，挺有意思的。某时髦靓女上互联网搜索理想男友：要帅，有车。结果是：象棋。女不甘心，再搜：有房、有钱。结果是：银行。女还不甘心，再三搜：有爱心，体贴人。结果是：奥特曼。女十分生气，于是将上述全部条件输入，良久，计算机十分艰难而又缓慢地打出一行字：奥特曼在银行下象棋。

我把这个段子发给正在找对象的一个亲戚的女儿，想启发启发她。她自恃条件好，青春亮丽，家境优越，文凭又高，左挑右拣的，几年下来，恐怕见过或谈过的男青年足有一个加强排了。有个当医生的小伙子，我看着各方面都不错，有车有房也有钱，人长得也挺帅，可就是个头略低了一点，结果被坚决否定。还有个博士生，性格好，相貌佳，收入不菲，房车均有，是理想的钻石王老五，可还是没有被接受，拒绝的理由是他家在农村，怕有拖累。还有个公司经理，车、房、钱都有，谈吐不俗，长得人高马大的，三天两头来献殷勤，仍然没有过关，淘汰的原因是人长得不够帅。给她介绍了这么多人，不是"奥特曼"，就是"银行"，再不然是"象棋",连一个够"奥特曼在银行下象棋"标准的也没有。

平心而论,青年男女找对象时,多多少少都未免有些理想主义,只要不过分,也很正常,挑一个要在一起过一辈子的人,谁不希望自己的那一半完美无瑕,出类拔萃?即便是一些自身条件很差类似"青蛙""恐龙"的人,也会偶尔做做"吃天鹅肉"的美梦,盼望"鲜花插在牛粪上"的奇迹会出现在自己的身上。但无论如何不要让理想主义膨胀,不要和常识对抗,与现实较劲,须知,现实生活中,达到"奥特曼在银行下象棋"水准的理想配偶,不能说绝对没有,恐怕即便有也少如凤毛麟角,怎么就一定会轮到你呢。

当然,找对象毕竟不同于买东西,这一回买不好,下一回注意点就是了,所以,认真地挑选是必需的,但一定要把握好一个度,不要挑来挑去挑花了眼,挑来挑去把自己剩下了,对人苛刻,过分挑剔,或许最后的命运就是冷清落寂地看人家的"奥特曼在银行下象棋"。柏拉图说过一个小故事。有一天,柏拉图问老师苏格拉底什么是爱情,老师就叫他先到麦田里,摘一棵全麦田里最大最金黄的的麦穗。期间只能摘一次,并且只可以向前走,不能回头。柏拉图于是照着老师的说话做。结果,他两手空空的走出麦田。老师问他为什么摘不到,他说:"因为只能摘一次,又不能走回头路,其间即使见到一棵又大又金黄的,因为不知前面是否有更好,所以没有摘;走到前面时,又发觉总不及之前见到的好,原来麦田里最大最金黄的麦穗,早就错过了;于是,我便什么也摘不到。"老师说:"瞧,这就是爱情。"

"和漂亮女人握握手,和深刻女人谈谈心,和成功女人多交流,和平常女人过日子"。是网上流传的又一个段子,这似乎又太甘于平庸了。为什么不能和漂亮女人、漂亮男人过日子,只要你自己足够优秀,又具有务实精神,不过于苛求,不奢望对方达到"奥特曼在银行下象棋"水准,收获美满的爱情与婚姻,做一对神仙伴侣,也是水到渠成的事。

平生最爱

　　人人都有平生最爱，或琴棋书画，或花鸟虫鱼，或松梅兰竹，或美酒佳肴，或名山大川，或金钱美色，或高官厚禄，春兰秋菊，各擅其胜，因而很难评判其优劣高下，只要自己喜欢又不妨碍他人即可。

　　爱读书可谓最高雅的爱好，许多名家都爱"这一口"。毛泽东一爱读书，二爱游泳。他手不释卷，嗜书如命，吃饭时读，如厕时读，火车上读，飞机上读，闲暇时读，忙碌时挤时间还要读，至到临终前自己已无法读书，还要工作人员为他读书，真真是活到老，读到老。孙中山的平生最爱，一是革命，二是读书。日本友人犬养毅曾问他："每次看望先生，话不离革命，请问还有否别的嗜好？"中山先生答道："我一生嗜好，革命而外，只有读书。读书是我生活中不可或缺的一部分。"梁启超爱玩，可读书也不耽误，他常说："唯有读书能让我忘记麻将，唯有麻将能让我忘记读书。"

　　有些人最爱杯中物，以美酒为人生壮行，用佳酿浇心中块垒，也颇多趣谈。酒仙刘伶，常乘鹿车，携一壶酒，使人荷锸而随之，谓曰：死便埋我。诗仙李白则有"斗酒诗百篇"的美谈，潇洒豪爽到"天子呼来不上船，自称臣是酒中仙"。著名导演谢晋也常对人言："拍戏、喝酒，人生最爱莫过于此。"他是中国诗酒文化协会会员，至到80高龄，还能一餐喝下一斤多白酒，常让陪客们惊得瞠目结舌。

爱花也能让人爱上一辈子，爱得如痴如醉。朱老总最爱兰花，屋里屋外摆满各种品种的兰花，亲自侍弄，每每赏玩，写诗咏之。晋人陶渊明爱菊，"采菊东篱下，悠然见南山"。宋人周敦颐爱莲，爱其"出淤泥而不染，濯清涟而不妖，中通外直，不蔓不枝，香远益清，亭亭净植，可远观而不可亵玩焉。"宋人陆放翁爱梅，爱其冰清玉洁，"花中气节最高坚"，甚至幻想"何方可化身千亿，一树梅花一放翁"。

爱竹的人也不少，爱得不离不弃，刘禹锡就曾发出"高人必爱竹"的断语。东坡居士有名言"宁可食无肉，不可居无竹"，每日里写竹、画竹、种竹、养竹，忙得不亦乐乎，原因很简单，"无肉令人瘦，无竹令人俗"。白居易也极爱竹，曾写《养竹记》曰："竹似贤，何哉？竹本固，固以树德。君子见其本则思善建不拔者。竹性直，直以立身。君子见其性则思中立不倚者。竹心空，空以体道。君子见其心则思应虚受者。竹节贞，贞以立志。君子见其节则思砥砺名行，夷险一致者。夫如是，故君子人多树之为庭实焉。"郑板桥更是爱竹、画竹，留下咏竹诗百余首，最有名的莫过于"咬定青山不放松，立根原在破崖中。千磨万击还坚劲，任尔东南西北风。"

画家米芾的爱石也别具一格，爱得痴迷忘情。他生平酷爱顽石，遇奇石即拜，人称"米癫""石癖"。公务之余，米芾常去山野乡间搜集奇石，每见奇石时，常作揖下拜，还会与石称兄道弟。有一次，见到一块奇石，他欢喜若狂，搭棚观赏，绕石三天，不忍离去。

诗人林和靖爱鹤，爱得如同子嗣。他终身不娶，在西湖边的孤山上以种梅养鹤为乐。时人说他"以梅为妻，以鹤为子"。他有两只仙鹤，爱逾珍宝，在一首咏鹤诗中写道："皋禽名祇有前闻，孤引圆吭夜正分；一唳便惊寥汊破，亦无闲意到青云。"林和靖死时，他养的这两只鹤也在墓前悲鸣而死，如同执幡披麻"孝子"，也算没有辜负他的一片爱意。

　　人有平生最爱是幸福的，因为由此可陶冶性情，激励风节，可丰富人生，涵养意趣。漫漫人生路上，若有一二最爱相伴，生活便会熠熠生辉。

肥胖的自由

　　头顶前世界小姐光环，素有"印度第一美女"之称的女星艾西瓦娅·雷一度曾饱受严词批评，罪魁祸首竟然是因为产后发胖。艾西瓦娅以模特身份出道，其完美体态一直羡煞许多人，印度上下视她为女神、国宝。未料自从产下一女后，她迟迟未能恢复窈窕身形，如今的圆润脸庞，厚实的双下巴，惹来印度民众与媒体狠批，认为她有辱印度国际形象，放任体重持续上升的举动，不但侮辱了世界小姐的头衔，更严重影响全球对印度美的观感，形同"叛国"。或曰"她是宝莱坞女星，有责任保持苗条和好看。"或曰"她必须学贝嫂、安吉丽娜·朱莉那样，产后数星期就恢复。"

　　大千世界，人有高矮胖瘦，肤有黑白棕黄，这就是生物的多样性，如果千人一面，胖瘦相同，那反倒十分无趣了。所以，环肥燕瘦，各有所长，唐玄宗以肥环为宝，"后宫佳丽三千人，三千宠爱在一身"；汉成帝则专宠瘦燕，"掌中舞罢箫声绝，三十六宫秋夜长"，都是一时美谈。现实生活中，有人追求骨感，拼命减肥，有人欣赏丰满，吃喝不忌，按说这是个人的自由，可一旦做了公众人物，就连想肥胖的自由都没有了，岂不悲哀。

于是，一些女明星为了尽快恢复体形，生育后不敢随意吃喝，不敢母乳哺育孩子，想办法打针吃药回奶。《泰坦尼克号》女星凯特·温斯莱特，清纯可爱，演技出众，但却一直因为稍显丰满而被认为美中不足，生过孩子后更因体重增加而遭人诟病，被讽为"肥婆"，媒体观众多次呼吁她减肥。她也做过努力，惜无成效，只好自我解嘲说："我不是一个古典气质的女孩，从来都不是。"

与艾西瓦娅、温斯莱特相比，明星李湘是真幸福，一家三口都那么福相，脸圆得像个苹果，想吃啥就吃啥，媒体与观众也没对她不尽快瘦身提出什么苛求。她刚有减肥的想法，便有多家公司和厂家找她代言减肥产品，瞧那广告词写的，"李湘减肥40斤的秘诀"，"李湘亲身体验，月减28斤，不反弹"，不知忽悠了多少瘦身爱好者见贤思齐。

胖人最多的国家还是美国，在美国，由于肥胖人群的疾病、贫穷、行动不便等复杂原因，使自身社会地位降低，在婚姻、交友、求职等方面都受到歧视。美国法院每年都要接受多达12万之多的关于肥胖歧视的诉讼案件，但多数都不了了之。因为，过于肥胖的大多是穷人，他们吃的都是含高脂肪的廉价食品，更没钱打官司，而盖茨、巴菲特等富翁，个个都身材保持良好，风度翩翩。1941年，美国前总统佛兰克林·罗斯福曾提出过著名的四大自由"言论自由、信仰自由、免于贫困及免于恐惧的自由"。如果他还健在的话，目睹肥人如云，不知是不是会再补充一条"可以随意肥胖的自由"。

据说，汤加是世界上唯一一个以肥为美的国家，国王要肥冠全国，王妃也要肥中选肥。这绝对是个肥胖者的天堂，可以自由肥胖而免遭歧视，只可惜汤加是弹丸之地，恐怕连全球肥胖者的万分之一也容不下，徒唤奈何？

不过，说到底，胖不胖那是个人私事，只要你要平稳心态，自得其乐，别人也拿你没有办法，就像艾西瓦娅，对于外界铺天盖地的批评与讽刺，她神定气闲，只淡淡响应："胖不胖是我的私事，我享受做妈妈的幸福。"

我不祝你们白头到老

今天，高朋满座，嘉宾如云，作为主婚人，我受委托给新郎新娘讲几句话。虽然是"良宵一刻值千金"，在这种场合讲话要像"少女的超短裙——越短越好"（林语堂语），我还想多啰嗦几句，而且是丑话说在前头，可能有点"不识时务"。

不怕你们生气，我不祝你们白头到老。虽然流行歌里唱道："慢慢地和你一起变老，是最浪漫的事"，但有多少人能享用这种"最浪漫的事"呢？屈指数来，老夫这几年参加的婚礼就有好几十场，还因"德高望重"，多次忝为主持人，祝新人白头到老。可是，话音犹存，已经有几对小夫妻劳燕分飞了，再想想社会上扶摇直上的离婚率，你们这一对新人究竟能走多远，也要拭目以待。如果不想让我的晦气话应验，你们得格外努力、特别小心才成。

不怕你们伤心，我不祝你们白头到老。爱情是易碎品，一不小心就会粉身碎骨，今天的山盟海誓，明天可能就变成恶语相向，今天的如胶似漆，明天就可能变成同床异梦。如果没有了爱情，两个人绑在一起，那就真的度日如年，"水深火热"，还不如分开为好，各自争取新的幸福。别忘记恩格斯那句名言"没有爱情的婚姻是不道德的婚姻"。如果要想不以这样的悲剧结束，就请你们精心地维护自己的爱情，不断给其注入新的活力，用一生的心血来浇灌保养爱情之树。

不怕你们泄气，我不祝你们白头到老。因为人生之路太漫长，中间变数太大，令人心迷情乱的诱惑也太多，譬如对生活的厌倦疲惫，对爱情的激情不再，互相的猜忌误会，对路边野花的贪婪，第三者的插足，居心不良者的觊觎，甚至一个恶毒的谣言，都可能使婚姻破裂。另外，你们现在还不太有钱，如果将来一旦发财富贵，会不会"男人一有钱就变坏"，而不论谁"一变坏"，婚姻也就寿终正寝了。这种事眼下实在太多了，但愿你们能例外，可谁也无法打包票。惟有互相忠诚，互相欣赏，彼此信任，杜绝猜忌，或许能让你们躲过这些劫难。

不怕你们记恨，我不祝你们白头到老。因为爱情要与时俱进，不断更新，现在你们很般配，郎才女貌，琴瑟和谐，但要想携手走下去，两人都要共同进步，甘苦与共，而不论遇到什么坎坷，遭到什么变故。古人说，"夫妻本是同林鸟，大难临头各自飞"，四川大地震时，震区就有一个丈夫把妻子扔在屋里，独自逃出屋外，最后，只有离婚了事。人这一生，还会遇到多少这样的意外、不测、祸灾，爱情要受到多少考验，谁也无法预见。但如果是真爱，心心相印，生死相许，愿意为对方牺牲一切，那就没什么能把你们分开，哪怕是天崩地裂，赴汤蹈火。

好了，再讲大伙就要鼓倒掌了，毕竟丑话总比美言逆耳，倚老卖老也要有个度。我还得识点趣吧，就此打住！

自夸与自贬

自夸与自贬都是一种自我评估，也是人生定位需要。

自夸大多是发自内心的，就是自我感觉良好，认为自己确实高人一筹，当然也有过于自恋而失真的。自夸是自信心的表现，没有自信心什么也干不成，即所谓"自信人生二百年，会当水击三千里"。但高于现实的自信心，失了分寸的自夸，则只能把事情搞砸，因为脱离了实事求是精神。

自夸多是为了自抬身价。李敖是个善于自夸的人，他说"我要想崇拜谁，就照照镜子"；他还说自己是"五十年来和五百年内，中国人写白话文的前三名是李敖、李敖、李敖。"隋炀帝杨广也是个极端喜欢自夸的人，他曾在朝堂上对大臣们说：我虽是子继父位当上皇帝，但就是比文功武略、治国安邦，我也是天下第一，凭本事也该当天子。这位也给自己评价"一百分"，但却没有交出了一份满意的答卷。他上台没几年，因治国无方，穷兵黩武，安民无道，滥用民力，闹得天怒人怨，烽火四起，结果，"官军不能讨，以至隋亡"。

自贬则情况比较复杂，有真心的，也有被迫的，不得已的，还有虚头巴脑的。

司马迁是最早自贬的一个名人，在给朋友任少卿的信里一开头就说"牛马走司马迁，再拜言"，意思是说"像牛马一样替人奔走的仆役司马迁再拜"。又说"仆窃不逊，近自托于无能之辞，网罗天下放失旧闻"，意思是说"我私下里也自不量力，用我那不高明的文辞，收集天下散失的历史传闻"。

身在曹营的刘备，为了防止曹操加害，拼命想办法自贬，对人谦恭自抑，装着胆小怕事，没事时去种菜，以给多疑的曹操留下自己是个胸无大志的庸夫印象。煮酒论英雄时，刘备更是把自己贬得一无是处，可是曹操还是不吃这一套，断言"今天下英雄，惟使君与操耳！"让刘备吓得筷子都掉地下了。

1966年6月，文革狂飙袭来，郭沫若为了躲过这灭顶之灾，想以自贬求得自保。他在《人民日报》撰文说："几十年来，一直拿着笔杆子在写东西，也翻译了些东西。按字数来讲，恐怕有几百万字了。但是，拿今天的标准来讲，我以前所写的东西，严格地说，应该全部把它烧掉，没有一点价值。"

还有一种自贬是习惯性客套话，譬如自称在下、敝人、愚兄，称老婆是贱内、拙荆、糟糠，称儿子为犬子、孽子等，旧时这样叫是出于礼貌，倒没什么实际意义。还有臣子给皇帝的奏折，"臣愚钝"，"臣鲁莽"之类自贬的词比比皆是。若行伍出身，就说自己"乃一介武夫，至愚极拙"；若年事已高，则言"衰朽昏庸"；若年纪尚轻，则谓"孟浪无知"，其实自己不当真，皇帝也不当真。

也有的自贬是发自内心的。张爱玲见到胡兰成，就为他的才华所折服，感到自己的幼稚与浅薄，张爱玲在送给他的照片后面题上几句话："见了他，她变得很低很低，低到尘埃里。但她心里是欢喜的，从尘埃里开出花来。"可惜胡兰成是个文化汉奸，才华是有的，文笔也是好的，但卿本佳人，奈何做贼? 空辜负了张爱玲的一腔深情。

不论是自夸还是自贬，关键是要尽量实事求是，恰如其分，不失分寸。韩信与刘邦论带兵，自夸是带的兵越多越好，即所谓"韩信将兵多多益善"，就比较靠谱。失街亭后，诸葛亮自贬三级，严肃了军纪，也收到较好效果。

对于那些勇于自贬且发自内心的人，奉劝一句：千万不要自惭形秽，自挫勇气。对于那些过分自夸有失公允的人，也顺便赠他一句俄国作家列夫·托尔斯泰的名言："一个人好像是一个分数，他的实际成就好比分子，而他对自己的估计好比分母，分母愈大则分数的值就愈小。"

吃相

　　杨绛女士的小说《洗澡》里，有一对夫妇许彦成、杜丽琳从美国留学回来，分别多年的女儿跟着奶奶到北京与他们团聚。女儿喝粥声音很大，形象不雅。杜丽琳就教育女儿说："吃饭应该没有声音，不能那么吸溜吸溜地喝粥，吃相难看，让人家说没家教。"女儿理直气壮地反驳说："我奶奶说的，喝粥吸溜吸溜地喝才喝的香。"把杜丽琳气的哭笑不得。

　　我有一个朋友，家是农村的，都读到博士了，可吃相还是不雅，以致于他第一次去准岳母家吃饭，就因吃相差，被老太太一票否决。幸亏姑娘意志坚定，看中他的才华人品，死活要嫁他，家里实在拗不过，只好同意了这门亲事。就是到现在，都结婚快十年了，孩子都上学了，他每次去岳母家吃饭，还像受罪一样，拘束谨慎，生怕老人家挑理，小心翼翼吃个半饱，回来还得再吃。

　　作为文明礼仪之邦，国人历来讲究"站有站相，坐有坐相，吃有吃相"，尤以"美食家"孔子为典型，他老人家不仅"食不厌精，脍不厌细"，而且还要"食不语"，"割不正不食"，吃饭还得听《韶乐》助兴。

不过，一般的基层百姓，引车贩浆者，江湖好汉们可就没这些穷讲究了，他们大块吃肉，大碗喝酒，吆三喝四，划拳行令，只图吃个痛快，一醉方休。这种吃相在过去曾被称为豪爽、过瘾，但此一时彼一时，现在则被视为粗野、没教养，时常为人诟病。

如果说在自家吃饭，吃相差点也就罢了，可要出门在外，吃相差就丢人了。如今，走出国门的中国人越来越多，花钱大方，类似"散财童子"，给老外送了不少银子，可是，中国游客却名声不咋样，甚至被有些酒店、风景点拒之门外，其中原因之一就是吃相太差。或吃饭时大喊大叫，影响他人；或盘子盛得太多，吃不完随意浪费；或吃得杯盘狼藉，不讲卫生；或狼吞虎咽，状如饕餮；或连吃带拿，占小便宜等。屡屡被外国媒体讽刺，说中国游客好像几辈子没吃过饱饭似的，是一群腰缠万贯的土豪。

外媒说的话糙理不糙，也不全错，咱们真正吃饱饭也就是这二三十年光景，过去确实是饿怕了，饭菜一上桌，便风卷残云，一扫而光，先填饱肚子再说，哪还顾得上讲究吃相。每在电影上看到外国人吃饭时还要系餐巾，铺桌布，刀、叉子、勺子排列整齐，细嚼慢咽，寂静无声，不知那叫吃相优雅，反说那是猪鼻子插大葱——装蒜。

老祖宗说"衣食足而知荣辱，仓廪实而知礼仪"，早已富起来的国人也该讲究吃相了，譬如，吃饭不要大声喧哗，不要暴食暴饮，不要随意浪费，不要狼吞虎咽，不要乱耍酒疯，不要踢桌打椅……做到安静就餐，文雅吃饭，循规蹈矩，彬彬有礼。果如是，哪怕你点的就是豆腐白菜，粗茶淡饭，在人们眼里，也是气质优雅的谦谦君子；反之，你就是要了满桌山珍海味，也不过是有几个糟钱的土财主、暴发户形象，连端盘子的侍者都看不起：瞧那吃相！

现在，社会上有各种各样的培训班，都很热闹。依我管见，不妨也办个吃相培训班，那些想提高品位的人，想甩掉土豪帽子的人，想与国际接轨的人，都欢迎来此深造，一定会学有所得。

"低调"的魅力

阿根廷著名作家博尔赫斯是个很低调的人。他已经名扬国内外了，还默默地在图书馆上班，从不炫耀张扬，同事们都不知道他的写作成就。博尔赫斯回忆说"有一次，一位同事在一本百科全书上看到了'豪尔赫·路易斯·博尔赫斯'这个名字，发现那个人的名字及生辰跟我的完全相同，不由得大吃一惊。"从此，同事们才知道博尔赫斯早已是世界级大作家了。博尔赫斯的低调，让我们领略了静水流深的境界，他愈是不事声张，不务虚名，愈发显出其厚重蕴藉的大家风采。

其实，"真人不露相"也是许多大家泰斗们的共同写照。萧伯纳是英国大名鼎鼎的剧作家、评论家，粉丝无数，人气极旺，但他却不喜欢出头露面，不愿出席各种酒会、舞会。而宁愿过着深居简出的朴素生活，静静地写作著述。获得诺贝尔文学奖后，他的平静生活一下子被打乱，许多人慕名而来，到他家拜访，请他出席各种活动，让他烦不胜烦。万般无奈，他只好到乡下租房子住，几年下来，房东和邻居们只知道他是一个安静和气的老头，每天都闷在家里的"宅男"。萧伯纳的低调沉潜，既是他的美学追求和价值选择，也保证了其不被浮华喧嚣的生活侵蚀宝贵时间，这才有了他的笔耕不辍，著作等身。

我们都有这样的印象，越是成就高、名气大的人，就越是谦恭、内敛、低调，不去追求那些华而不实的外在形式，不需要用那些五光十色的表现办法来证明自己的重要。爱因斯坦刚到美国时，常穿得随随便便，不修边幅，有人劝他穿好一点，他诙谐地说："穿那么好干什么，反正也没人认识我。"他后来名扬四海了，经常参加各种高规格的学术会议，又有人劝他穿好一点，他幽默地说："现在更没有必要穿那么好了，反正大家都认识我了。"因而，一提到爱因斯坦，我们就会想到一个头发蓬乱，一身旧西装，眼睛却亮得放光的天才老头。

反之，那些处处张扬，事事炫耀，高调到恨不得要让地球人都知道，名片上印着一长串吓人头衔的人，则往往是内存不足，底气欠厚，学问不咋样，成就一般般的"二把刀""半瓶醋"。诚如鲁迅先生讽刺的那样，"捣一场小乱子，就是伟人；编一本教科书，就是学者；造几条文坛消息，就是作家。于是比较自爱的人，一听说这些冠冕堂皇的名目就害怕了，竭力逃避。"

著名表演艺术家王心刚，德艺双馨，硕果累累，是 20 世纪 60 年代我国评出的 22 大电影明星中的"男一号"，塑造了许多堪称经典的艺术形象，有着一大批影迷和崇拜者。但是特别低调的他，几乎不接受任何采访，不参加各种与工作无关的活动，对于商家开出的惊人数目出场费也一概拒绝。退休后更是远离喧嚣，自娱自乐。被人问到昔日辉煌时，只是淡淡说一句"那都是组织上分配的工作，没啥可谈的，再说都是多少年前的事了，多采访现在的年轻人吧。"王心刚的低调，赢得人们的敬重，使人想起"桃李不言下自成蹊"的古训，也反衬出时下一些艺人的浅薄与庸俗，刚演过两部戏就以明星自居，才拿过个把奖，就牛皮哄哄得不知道自己是谁了。

当然，世界的多样性决定了人的多类型，选择低调或高调的生活方式，是每个人的自由。高调生活方式的张扬、夸张、开放，更容易迅速扩大影响，增加知名度，自有其存在的道理。低调生活方式的内敛、谦恭、沉稳，则更具有真实、朴素的个人魅力，不事张扬却令人感到底蕴厚重，中气十足，这就是老子说的那个境界"大巧若拙，大辩若讷，大音希声，大象无形"，当然，前提是你确实足够强大。

个例与概率

邻居老王是个资深铁杆烟民，我和他一起散步时，没少劝他戒烟，道理讲了一箩筐，他就是油盐不进，还振振有词地说，咱小区的某某吸了一辈子烟，可人家照样活了九十多岁；某某倒是从不吸烟，闻见烟味就头疼，最后却得了肺癌。

我承认这都是事实，但毕竟只是个例，不足为凭。世间万事万物，纷繁复杂，要下任何结论，都必须依靠统计数字支持，要看比例大小，概率高低。就说吸烟致癌这个事吧，医学上早有权威统计数字证实，长期吸烟的人比不吸烟的人患肺癌的概率要大得多，谁要硬是抬杠，是要以牺牲自己健康为代价的。

天下之大，无奇不有。希腊历史上有个著名剧作家埃斯库罗斯，居然被老鹰叼着一只乌龟从天上掉下来砸死了，这就是典型的小概率事件，或许几千年才发生一次。如果因为有这样的个例发生，人就不敢在外边走路了，那显然是太荒唐了，就是最偏激的人也不会采用这个观点。可见，轻易用个例来为某个观点下结论，说轻了是以偏概全，说重了就是心智不够成熟。

有人不喜欢读书，无心向学，你要规劝他，他往往会举比尔盖茨的例子来为自己辩护：人家都没读完大学，不是照样成了世界首富？这也确实不假，但稍有头脑的人都会清楚这样一个基本常识，受过高等教育的人肯定更容易事业成功，统计起来，成功者的概率也比辍学或没上大学者要高得多。"刘项原来不读书"，在草莽时代或可凭着一股蛮劲创出一番局面，可在信息时代、知识经济的今天，不接受高等教育，没有知识储备，可能连找工作都很难，更不待说成为世界首富了。

婚姻法禁止近亲之间的婚姻，也是建立在大量统计数据的基础上，因为这样的近亲结婚，容易发生遗传疾病，后代出现痴呆、身体异常的可能性比一般人要大许多。如果有人就是不信这个邪，偏要近亲结婚，谁劝都不听，并举出某某表兄妹结婚生的娃很健康的个例给自己打气壮胆。其结果肯定是，不管你怎么振振有词，理直气壮，一方面婚姻登记部门不会给你发证，这是依法办事；另一方面亲朋好友也不会支持你，因为他们不能看着你往火坑里跳。

"茄子治百病"说法最甚嚣尘上的时候，人们之所以发疯似地大吃茄子，就是相信某些因为坚持吃茄子治好了心脏病、高血压、糖尿病的例子。且不说这些例子很可能是"神医"们杜撰出来的，就算是真的，也属于可以忽略不计的小概率事件，任何一个负责任的医生也不会鼓励病人停药去吃茄子。

所以，一个思维正常的人，只会相信建立在科学统计数据上的结论，而不会因个例的发生去钻牛角尖，固执己见。不论是讨论问题，阐发观点，抑或制定政策，治国理政，我们都应力求实事求是，以事实为依据，以科学为指导，避免剑走偏锋，棋出险招，攻其一点不及其余，那固有侥幸成功的可能，但绝大多数时候都会以失败而告终。

当然，如果到了实在无路可走的时候，万不得已，明知概率不支持，成功可能性很小，也只好死马当作活马医，把成功个例当作救命稻草般的重要依据，冒点风险也是万般无奈之举，但一定要做好失败的思想准备。即便万一奇迹发生，也只能说你运气好，上苍保佑，不足以当普遍真理来宣传，以免误导他人。

明星文章出轨后，许多女性都借题发挥来教育老公："你们男人没一个好东西，都是吃着碗里看着锅里。"这就是典型的把个例当普遍真理、轻易下结论的例证，但要和她争吧，就显得你很没有度量了，因为明知道她这不过是情绪之言，又顺便进行警示教育罢了，于是一笑了之。

各花入各眼

大千世界，百花齐放，姹紫嫣红，争奇斗艳。牡丹，雍容华贵；腊梅，凌寒傲雪；秋菊，素洁雅淡；兰花，高贵矜持；荷花，"出淤泥而不染，濯清涟而不妖"，不论什么花，都有人喜欢，这就叫"各花入各眼"。

人亦如此，高矮胖瘦，黑白丑俊，千人千面，但最终都能各结其缘，找到自己中意的另一半。而且，绝大多数都能相濡以沫，恩恩爱爱，不离不弃，携手走过一生，这就叫情人眼里出西施。

当然，也有大家公认的美女帅哥，奇花异草，不论谁看了都会动心。三国时的美女貂蝉，闭月羞花，沉鱼落雁，不仅小伙子吕布喜欢，老头子董卓也喜欢，最后只有火拼解决问题。古希腊美女海伦，倾城倾国，貌似天仙，居然引发了十年战争，死伤无数，血流成河。

不过，世间大多数都是普通男女，寻常花草，有优点也有缺陷，有可爱之处也有可恨之点，就是因为能互相欣赏，互相包容，越看越顺眼，"看山不是山，看水不是水"，再加上日久生情，所以最后能欣然牵手，步入婚姻殿堂。

晋惠帝司马衷的皇后叫贾南风，是史上最丑皇后，黑粗矮胖，俗不可耐，充其量也就是枝狗尾巴花，但在傻皇帝眼里那也是娇滴滴的宝贝，宠爱有加，缠缠绵绵，百依百顺，就连玉玺都交给皇后随便用。遗憾的是，晋惠帝看好的这枝"花"确实不是什么好花，最后居然要了他的小命。

英国王储查尔斯，其前妻戴安娜王妃，相貌、身材、气质、风度都艳冠一时，美得不可方物，真是一朵绝色鲜花，所到之处，万人空巷，争睹其容貌。可查尔斯却偏偏提不起兴趣，与其同床异梦，而倾情于方方面面都远逊于戴安娜的卡米拉，最后还结为连理，夫唱妻和，琴瑟和谐。真让人看不懂，或许这就是缘分。

还有那位不爱江山爱美人的英国温莎公爵，居然为了心中的爱人，放弃了无数人觊觎的王位。而他心仪的女子沃里斯，不仅结过两次婚，年龄偏大，容貌也谈不上多出众，用中国老话来说，就叫残花败柳。但人家就是喜欢上了，而且克服种种障碍，最后成为伴侣，一起共同生活了 35 年，形影不离，两情笃深，鱼水相谐。这位前国王晚年多次对人说："我绝不后悔当初的逊位决定。"

作家沈从文有句名言："我行过许多地方的桥，看过许多次的云，喝过许多种类的酒，却只爱过一个正当最好年龄的人。"他曾花了四年时间，写了上百万字的情书来追求张兆和，平心而论，张兆和谈不上多漂亮，清秀而已。但在沈从文眼里，却是美得无以复加，怎么解释呢，还是那句话：各花入各眼。

国人素喜评班花、校花、厂花、院花等，总要推出一个公认美女，然后追求的人排成长队。欧美就不大一样，他们也选美，且搞得很热闹，但主要是看才艺、德行，容貌身材倒在其次。还有一点让中国人不理解，许多欧美老外都非常自豪地说自己的妻子最漂亮、最性感、最可爱，一点也不谦虚，其实你要看看其容貌，或满脸雀斑，或胖如汽油桶，或皮肤粗糙，但在老公眼里，那就是国色天香一枝花。不像咱们有些同胞眼里，"老婆是人家的好，孩子是自家的好"，显得十分的猥琐自私。

已故学者费孝通有高论说"各美其美，美人之美，美美与共，天下大同。"若用到夫妻关系上，那就是每个人都要充分欣赏挖掘自己爱人的美，坚守爱情，始终不渝；同时，也要承认和肯定他人婚姻的美满幸福，将欣赏自己的美和欣赏他人的美结合起来，各自守住婚姻，不逾矩，不越界，就会建成和谐社会。

"各花入各眼，无须问他人"，爱你所爱，夫复何求？

天凉好个秋

一立秋，天气立马变凉，灵验得很。早晚要穿长袖，晚上须盖被子，空调、风扇也都纷纷退役。兀地想起一句老话：天凉好个秋！

立秋这天有个习俗叫"贴秋膘"，就是要多吃点肉，煎炒烹炸都行，形式不拘，只有肚里的油水多了，才有助于日后御寒。即便动物也知道这个道理，秋天的时候要拼命进食，以换来厚厚的脂肪来抵御冬天的寒冷。

秋天的凉，是一种很舒服的感觉，刚经历过难熬的酷暑，人们终于喘了一口气，开始享受美好的秋天。古人喜欢悲秋，尤其是文人骚客，其实他们更多的是感到心头的悲凉，天气只是由头。从欧阳修《秋声赋》到李清照的《声声慢》，明着是说的秋意萧杀，凄凄惨惨，实际是说人的不幸际遇与心理之寒。秋瑾临刑前的绝句"秋风秋雨愁煞人"更是如此，起义失败，无力回天，既悲且壮，唯有一死报国，故成千古不朽名句。

秋天的凉，其实应该说是不冷不热，这样的温度，最好搭配衣服，厚薄皆宜，长短均可。街头再也见不到光着脊梁的不雅身影，爱美的姑娘开始把短裙变为长裙,体弱的老人从容地套上马甲,穿上秋季校服的孩子仍欢快地喧闹,挥发着他们永不穷尽的精力。

秋天是收获的季节。天气一凉,似乎是在提醒各种植物,疯玩了多半年,你们也该拿出点真玩意儿了。于是,庄稼地里,黄的是玉米,白的是棉花,红的是高粱;果园里,咧嘴笑的是石榴,压弯枝头的是苹果,抱成一团的是葡萄。秋天也是人生收获的季节。有人著作等身,有人奖章满胸,有人名满天下,有人富甲一方,有人德高望重,都在人生的秋天尽情地享受成功的喜悦,在人们羡慕的眼光里盘点人生收获。

天高云淡,秋高气爽,秋天还是登高望远的季节。邀三五知己,登临高山奇峰,远望千里,一览无余,把酒共欢,其乐无穷。登高不可无诗。重阳节时,王维登高四望,想起山东兄弟:"独在异乡为异客,每逢佳节倍思亲";九九之日,杜甫登高远眺,尽赏"无边落木萧萧下,不尽长江滚滚来"胜景,皆成诗家美谈。

秋天宜于读书。旧时,不求上进的读书人曾有自嘲打油诗曰:"春天不是读书天,夏日炎炎正好眠,秋有蚊虫冬有雪,收拾书箱待明年。"而清人涨潮则说:"读经宜冬,其神专也;读史宜夏,其时久也;读诸子宜秋,其致别也;读诸集宜春,其机畅也。"不过,公允而论,夏天的汗流浃背,冬天的寒冷刺骨,春天的昏昏欲睡,肯定会影响读书的情绪与效果的。只有秋日不同,凉风习习,心旷神怡,捧书一卷,或经或史或闲书,读得痴迷,好不惬意。

天气转凉,辛苦一个夏天的"音乐家"们也纷纷息声,被形容成"噤若寒蝉"。秋虫们开始粉墨登场,轮番上阵,白天是蝈蝈,夜里是蛐蛐、纺织娘,它们低吟长鸣,时而高亢,时而低沉。连邓丽君也喜欢"聆听那秋虫,它轻轻在呢喃"。徐志摩则诗兴大发:"秋虫,你为什么来?人间早不是旧时候的清闲;这膏草,这白露……"春听鸟声,夏听蝉声,秋听虫声,冬听雪声,乃人生至乐。

秋天的凉，往往与秋雨有关。民间说"一场秋雨一场寒，十场秋雨要穿棉"，秋雨绵绵，不紧不慢地下，把天气下冷了，把人的心绪也下凉了，故而古人有"春雨如恩诏；夏雨如赦书；秋雨如挽歌"之说。的确，秋雨易使人产生悲凉愁苦之意："梧桐更兼细雨，到黄昏、点点滴滴。这次第，怎一个愁字了得！"

秋雨春风，各有所长，热爱每一个日日夜夜，享受每一个春夏秋冬，方为人生智者。

褚遂良的一封信

　　显庆三年（659 年）冬，爱州（今越南清化）一所破旧衰败的宅子里，褚遂良坐在摇摇晃晃的竹椅上晒太阳。他眯缝着眼，手捋着花白胡子，一遍又一遍地想着自己上书高宗的时间，算起来都已经有小半年了，不说"十万火急"，就是平常信函也够跑几个来回了，高宗即便再忙，可行与否也该给自己回个信啊。

　　也不是他盲目托大，自我感觉太好，因为他确实有大恩于高宗。太宗生前有多个儿子，各有长短，也争得很凶，所以储君一直没有定下来。太宗咨询重臣褚遂良时，他毫不犹豫建议让晋王李治接班，说他厚道、稳重、纯良、和善，能善待兄弟姐妹，不会发生骨肉相残。这是经历过玄武门之变的太宗最担心的事，也是他的一块心病，褚遂良这一句话就让犹豫不决的太宗下了决心。并且，太宗去世时，命长孙无忌与褚遂良为托孤大臣，当面把李治交到他们手里，要他们像霍光辅佐汉昭帝一样尽心尽力。褚遂良对继任的高宗也确实忠心耿耿，不辞劳苦，立下汗马功劳，李治心里是有数的。无论如何，他也应该给我这个面子的，褚遂良心想。

这一年，褚遂良63岁了，身体每况愈下，一天不如一天。加之爱州是亚热带气候，潮湿闷热，蚊虫肆虐，他感到很不适应，三天两头不舒服，总是病恹恹的。而且越老越是思乡心切，他希望能终老家乡，落叶归根，但苦无良策，每日里郁郁寡欢。一日偶读汉书，看到汉和帝永元十二年，时任西域都护的班超年老思乡，已69岁，老病衰困，上疏乞归"臣不敢望到酒泉郡，但愿生入玉门关！"两年后，班超获准回到洛阳，病逝后葬于洛阳邙山之上。读到这里，褚遂良不由眼睛一亮，仿佛看到了希望，就效法班超，精心修书一封给高宗，说自己年老多病，日暮西山，朝不虑夕，乞求回乡养老，以终天年。褚遂良是唐代大书法家，他修此书，不仅情真意切，泣血相告，而且字字用心，笔笔讲究，是不可多得的书法极品。

信发出之后，他就天天去驿站打听有无京城来函，一天又一天，他拖着病体来往于住宅与驿站之间，每每抱着希望而来，大失所望而去，病体也一天天加重。久而久之，他甚至生出怀疑，山高水远，关山迢递，莫非是我的信寄丢了，要不要再写一封？

他的信没有寄丢，高宗确实收到了。读着褚遂良的上书，再想想他的诸般好处，种种恩情，高宗也曾动过赦免褚遂良回乡养老的念头，可是他一想到武则天那凶神恶煞的样子，就不由得泄了气。

褚遂良与武则天这梁子还是在5年前结下的。永徽六年（655年），高宗欲废黜王皇后，改立武则天为后，褚遂良与长孙无忌坚决反对。在高宗召集几个朝廷重臣议论此事时，褚遂良不仅公开表明反对废后立后的态度，还将官笏放在台阶上，把官帽摘下，连连叩头以致于流血。这种不要命的态度，让坐在皇帝后边的武则天狠狠发声："何不扑杀此獠！"关键时刻，一向善于迎合上意的李绩说了一句话："此乃陛下家事，不合问外人。"这既改变了唐王朝的命运，也将褚遂良等人推入了悲剧的深渊。

武则天成功上座后，就开始疯狂报复褚遂良。先将他赶出朝廷，任潭州任都督。又把他贬到广西桂州去任都督。这还不解气，武则天又与许敬宗、李义府一起，诬告褚遂良反叛，最后把他贬到更遥远的爱州。

平心而论，褚遂良本质上是个书法家，对做官兴趣不大。他之所以走上仕途，也是歪打误撞的结果。《新唐书》记："褚遂良，字登善。贞观中，累迁起居郎。博涉文史，工隶楷。太宗尝叹曰：虞世南死，无与论书者。魏征白见遂良，帝令侍书。帝方博购王羲之故帖，天下争献，然莫能质真伪。遂良独论所出，无舛冒者。"也就是说，虞世南死后，褚遂良就是当时最负盛名的书法家了，能和唐太宗讨论书法艺术的也就只剩他了。

不过，褚遂良是个极端认真的人，钻研书法如此，做官从政也是如此。不干则已，干就要不辱使命，尽心尽责。其正直无私、铁骨铮铮，为国为民直言进谏不惧斧钺的品格，并不比魏征逊色。太宗想去泰山封禅，他坚决反对，说那是劳民伤财，徒有虚名，非圣君所为；太宗想看起居注，他严词拒绝，坚决不开后门；太宗要御驾亲征高句丽，他竭力阻止，大唱反调。事实证明，他都是正确的。

官职一贬再贬，褚遂良并不是太看重，他还有书法为伴，这才是他的生命所系。越到老年，他的书法艺术就越是炉火纯青，几臻化境。即便是病重在身，他也一天没有停止练笔，研习书法陪他走过了人生最艰辛也是他的最后时光。在偏僻之极的爱州，他仍收获了众多热爱书法的粉丝，他的墨宝仍四处流传，一张便笺，一封书信，一则草稿，都被人争相收藏，视为珍宝。

最终，望眼欲穿的褚遂良还是没有收到高宗归乡的赦令，气病交加，绝望至极，不久便死于任所，终未落叶归根。他给高宗的那封信，也不知所踪，倘能侥幸留下，肯定也是书法中的无价之宝，或可与《平复帖》《祭侄帖》《自叙帖》《寒食帖》一较高下，争奇斗艳。可惜高宗没遗传到老爹的这个眼光和雅好，暴殄天物，将其损毁于无知，实为书界憾事一桩，无论何时想起，都会令人隐隐作痛，恨恨不已。

星移斗转，人事更迭，转眼已是千年。褚遂良人虽没有回来，魂魄却化成一湖碧水，长眠于故乡。在河南阳翟（今禹州城）里有个著名的登善湖，就是为了纪念他的（褚遂良，字登善）。家乡人始终没有忘记这位蒙冤死于他乡的先贤，开湖垒山，勒碑铭记，以为纪念。湖水清澈，碧波荡漾，鱼虾成群，小舟横斜；岸上绿树成荫，鸟语花香，游人如织，生机盎然。岸边还有一座小山，秀美清峻，郁郁葱葱，可拾级而上，能居高临下，极目远眺，是登高望远之佳处。我来此凭吊，瞻仰之余，突然想到杭州岳庙有名联曰"青山有幸埋忠骨，白铁无辜铸佞臣"；禹州此湖以登善为名，或可称之为"碧湖深情祭登善，绿山厚谊崇先贤"，不亦很贴切吗？